W0339314

F. Springer

BOUGAINVILLE

F. Springer

BOUGAINVILLE

Roman

Aus dem Niederländischen
von Helga van Beuningen

Luchterhand

NIEMAND wird sich mehr daran erinnern, aber 1973 stattete der Generalsekretär der Vereinten Nationen Dacca, der Hauptstadt des zwei Jahre zuvor in einem Blutbad geborenen Staates Bangladesch, einen kurzen Besuch ab. Und schon gar niemand wird sich an die paar kurzen Meldungen erinnern, denen zufolge einer der zusammen mit dem Generalsekretär aus New York mit angereisten Beamten bei der Inspektion der UN-Nahrungsmitteltransporte im Hafen von Chittagong durch einen Unfall ums Leben kam. Eine tragische, aber unbedeutende Fußnote zum Besuch des UN-Chefs, der gekommen war, um im Namen von uns allen, den Angehörigen seiner Organisation, den Dank Scheich Mujib-ur-Rahmans für die Hilfe entgegenzunehmen, die wir ihm und seinen Millionen am Rande des Hungertods schwebenden Landsleuten seit der Errichtung des Staates Bangladesch geleistet hatten und hoffentlich auch künftig leisten würden. Diese Fußnote gab im übrigen nicht ganz das wieder, was Tommie Vaulant zugestoßen war. Natürlich hatte er sich die Schiffe mit Reis und Milchpulver in der chaotischen Hafenanlage von Chittagong angesehen, doch schon nach einem halben Vormittag hatte es ihm gereicht, und er war mit einem UN-Jeep nach Cox's Bazar gefahren, dem längsten, leersten, unberührtesten Strand der Welt. Jetzt oder nie, muß er sich gedacht haben. Das

wußte ich, denn ich hatte ihn selbst am Abend vor seinem Tod eine Reihe von Orten auf der Welt aufzählen hören, die er ihrer exotischen Namen wegen unbedingt besuchen wollte, wenn er je die Gelegenheit dazu bekam. Viele davon hatte er als reisender Funktionär der UN bereits abhaken können, doch ein paar sehr schöne standen noch auf seiner Liste.
»Wenn ich dem täglichen Elend entfliehen will«, sagte Tommie, »dann sage ich diese Namen leise auf. Ich bin ein erstklassiger Eskapist. Cape Farewell in Neuseeland, Alice Springs in Australien, Mandalay in Birma, Bougainville in der Südsee, ach, Bougainville, Cox's Bazar am Golf von Bengalen. Und wenn ich mir wie in diesem bekannten Spielchen ein anderes Leben in einer anderen Zeit aussuchen dürfte, dann würde ich aktives Mitglied der Royal Geographical Society Anno 1860 oder so. Burton, Speke und all die anderen.« Ich lachte.
»Kommst du mit?« fragte er ernst.
»Ich kann nicht weg«, sagte ich. Es klang eine Spur zu gewichtig.

BEIM SCHWIMMEN im Meer, nicht weit vom verwahrlosten Government Resthouse in Cox's Bazar, war Tommie von einer plötzlichen Unterströmung mitgerissen worden. Weg war er, und erst nachmittags bei Flut kehrte er wieder und wurde, erneut in der Nähe des Resthouse, angespült, was die Suche natürlich erleichtert hatte. Suche ist eigentlich zuviel gesagt. Es hatte nur eine einzige Zeugin gegeben. Sie war hilflos und händeringend im warmen Sand hin und her gelaufen, und als Tommie nicht mehr aufgetaucht war, war sie ins Resthouse gerannt, aber dort ging das Telefon nicht und Aufseher gab es nicht (denn es kamen keine Gäste mehr). Sie war wieder zum Strand gelaufen, aber kein Tommie, der in der Brandung winkte. Daraufhin mit dem Jeep ins nächste Dorf gerast und auf einer Polizeiwache endlich mit Chittagong telefoniert, aber da waren schon zwei Stunden vergangen, seit sie ihn das letzte Mal gesehen hatte. Am Nachmittag, fast gleichzeitig mit Tommie, landete ein Hubschrauber des Roten Kreuzes am Strand, und noch vor dem wie eh und je atemberaubenden Sonnenuntergang im Golf von Bengalen hatte man ihn für den Transport nach Dacca fertiggemacht.

Wie es sich im einzelnen abgespielt hatte, wußte ich natürlich noch nicht, als wir uns tags darauf alle – bangladeschische Regierungswürdenträger, Diplomaten, UN-Beamte – auf dem Rollfeld von Dacca versammelten, um den Generalsekretär und dessen Gefolge zu verabschieden. Ich hatte Tommie zwar bei der Verabschiedung vermißt, aber jemand sagte, er sei noch in Chittagong und werde später kommen, und ich konnte nicht ahnen, daß ich auch ihm, meinem alten Freund, in seinem Sarg im Bauch des UN-Flugzeugs nachwinkte.

Später, im Foyer des Intercontinental Hotels, sah ich Bettina in ihrer adretten Uniform des Schweizer Roten Kreuzes, nervös rauchend, mich mit rotgeränderten Augen ängstlich ansehend, auf meinen Gruß nicht reagierend. Schweigend kam sie mit in mein Zimmer, ich schenkte ihr etwas ein, aber sie stellte das Glas auf den Tisch, faßte sich mit beiden

Händen an den Kopf und weinte und weinte. »Gott, Gott!« verstand ich ab und zu, und »warum hab ich ... warum bin ich...«

ZWEI ABENDE ZUVOR hatte das offizielle Diner im Intercontinental stattgefunden. In langer, formeller Reihe saßen sie auf dem Podium, der Generalsekretär und seine Gattin und Scheich Mujib mit seinen Ministern. An runden Tischen zu ihren Füßen die übrigen bengalischen Würdenträger, gewichtig dreinschauende UN-Typen und auch wir, die Diplomaten vor Ort. Vorneweg tranken wir ein Glas Ananassaft, denn etwas Stärkeres wurde bei offiziellen Anlässen nicht gereicht, aber das machte nichts, denn die meisten von uns hatten sich wie üblich vor Beginn der festlichen Veranstaltung heimlich mit einem ordentlichen Whisky gestärkt. Neben mir Bettina, die Schweizer Ärztin, hübsch, aber in der Öffentlichkeit immer streng und professionell, mit Erfahrung in Biafra und anderen Unglücksstätten, Bettina, die wie ich schon seit Monaten im Intercontinental hauste und manchmal zusammen mit mir und anderen nach einem langen Tag tief ins Glas schaute, um für kurze Zeit die Aussichtslosigkeit ihrer Arbeit in den Bihari-Lagern zu vergessen. Wir sahen von unserem Platz aus, daß der Gattin des Generalsekretärs neben Scheich Mujib der Gesprächsstoff ausgegangen war. Wir mußten über die verbissenen Mienen lachen, mit denen die Ehrengäste auf dem Podium Konversation zu machen versuchten. Bettina fühlte sich an die stümperhaften Sketche erinnert, die

früher bei ihr in der Schule am letzten Tag vor den großen Ferien in der Aula aufgeführt wurden.
Tommie Vaulant setzte sich an meine andere Seite, ich hatte schon nach ihm Ausschau gehalten. »Ich habe Sonnie geschrieben, daß ich dich getroffen habe«, sagte er. Ich stellte ihn Bettina vor. »Ein alter Freund, mittlerweile ein hohes Tier im Kabinett des GS.« Sie gaben sich die Hand. Bettina sagte: »Er hat eine unglaubliche Ähnlichkeit mit Montgomery Clift.«
»So, so, ein schönes Kompliment«, sagte ich, obgleich ich Montgomery Clifts Gesicht nicht gleich vor meinem geistigen Auge sah. Ach ja, dieser nervöse Trompeter aus »Verdammt in alle Ewigkeit«, verflixt, sie hatte recht, Tommie sah Montgomery Clift zum Verwechseln ähnlich.
»Ist der nicht jung gestorben?« fragte er.
»Ja«, sagte Bettina, »ein tragischer Fall. Ich war ein großer Fan von ihm. Es sind vor allem die Augenbrauen, die…«
Ich konnte nicht zurückstehen und sagte schalkhaft: »Mich haben sie auch mal mit einem Filmstar verglichen, wißt ihr, mit wem…« Aber da erhob sich der Scheich, um eine Rede zu halten.

ER WUSSTE, daß ich als Geschäftsträger ad interim in Bangladesch saß, ich wußte, daß ich ihn, den UN-Mann, in Dacca erwarten konnte. Seit 1955 hatten wir uns vielleicht zehn Briefe geschrieben sowie Weihnachtskarten und Geburtsanzeigen unserer Kinder ausgetauscht. Ich hatte ihn '65 noch einmal in New York getroffen, und das letzte Mal hatten wir uns kurz gesehen, bevor ich nach Bangladesch aufbrach, er hatte mich im Ministerium angerufen. Beide in Eile, tranken wir irgendwo einen Kaffee. Vieles blieb ungesagt, was nicht unüblich ist zwischen alten Freunden.

Schon bald nach seiner Ankunft klopfte er an der Tür des Hotelzimmers, in dem ich wohnte und außerdem Botschaft spielte, denn ein Büro hatte ich in der chaotischen Stadt, die Dacca so kurz nach der Unabhängigkeit war, noch nicht gefunden. Auf der Frisierkommode stand eine Schreibmaschine, in die ich mit dem Zweifingersystem meine brillanten Berichte für das Außenministerium knallte. Die tat ich in einen Postsack mit einem beeindruckenden roten Siegel auf dem Anhängeschild. Häufig verbrannte ich mir beim Versiegeln Daumen und Zeigefinger, es war und blieb ein gefährliches Unterfangen. Danach brachte ich den Sack in einem dreirädrigen Fahrradtaxi zum Flughafen, wo ein junger Bengale mit den Emblemen der Fluggesellschaft Thai International auf dem Oberhemd die gewichtige Sendung aus meinen Händen entgegennahm, stets mit denselben Worten: »Your Excellency, thank you for entrusting your state secrets to Thai International.«

Da stand Tommie nun also in meinem Zimmer, und den ganzen Abend redeten wir – ach nein, das ist übertrieben: Eigentlich redete immer er, bis gegen elf. Über große Dinge wie eine bessere Welt, die wir nicht mehr erleben würden, über den Dichter Robert Lowell, den er persönlich gekannt hatte,

über Macht und Ohnmacht. Ich fand, es war eine enttäuschende Sitzung. Kein vertrauliches, intimes Gespräch zwischen alten Freunden. Er schien jedes Thema persönlicher Art meiden zu wollen.
»Ich bin müde, Bo, todmüde«, sagte er plötzlich und verschwand gähnend in sein Zimmer auf derselben Etage, drei Türen weiter als Bettinas – aber die kannte er da natürlich noch nicht.

♦

MALANG, JAVA, 1934–1938

Als vierzehnjähriger Knabe bin ich mit meinem Vater einmal bei Herrn Joh. Zürcher zu Besuch gewesen, einem reichen Mann in Amsterdam, von dem mein Vater häufig voller Respekt sprach. Er war Kunstmaler, und wenn er auch nie etwas verkaufte, reich war er! Es war um Neujahr 1882, und mein Vater war stolz, daß auch er zu dem Treffen bei Zürcher eingeladen war. »Doktor Versluys kommt auch«, hörte ich ihn zu meiner Mutter sagen, »der große Mathematiker! Und van der Goes von der Dampfschiffahrtsgesellschaft und vielleicht auch Mijnheer de Vos, der berühmte Schauspieler.« Es ging darum, Geld für Multatuli zusammenzubringen, den Schriftsteller, dem es meinem Vater zufolge in Deutschland so erbärmlich ging. Mein Vater bewahrte sämtliche Bücher von Multatuli in einem kleinen Schrank in seinem Arbeitszimmer. Einige*

** siehe Glossar Seite 171*

hatten eine Widmung vorne drin. »Für meinen guten Rotterdamer Freund de Leeuw, von Dek.« Mein Vater sprach oft von »Dek«. Was »Dek« wohl davon halten würde. Wenn »Dek« das wüßte. Er durfte »Dek« sagen, seit der Schriftsteller eine Nacht bei uns logiert hatte, 1879 war das, als er in Rotterdam, Dordrecht, Leiden, Haarlem Vorträge hielt. Mein Vater kannte ihn durch unseren Arzt, de Haas, vom Schiedamse Singel, der sich selbst als Bewunderer der ersten Stunde bezeichnete, und zweimal habe ich meinen Vater sagen hören, er habe erst angefangen, über das Leben nachzudenken, nachdem er Multatuli entdeckt hatte. Damals, '79, hatte Dek zwei Lesungen wegen eines scheußlichen Hustens, Schmerzen in der Brust und Fieber absagen müssen. Doktor de Haas und mein Vater holten ihn aus seiner Unterkunft und brachten ihn zu uns nach Hause. Mein Vater war sehr nervös, erinnere ich mich. Barsche Befehle an die Adresse meiner Mutter. Ich lugte um die Ecke, aber er sagte jedesmal: »Scher dich fort, Junge.« Der große Schriftsteller lag in dem kleinen Raum neben meines Vaters Arbeitszimmer, die Tür zum Flur stand auf, und man konnte seinen rasselnden Husten im ganzen Haus hören. Manchmal sprach er laut, auch wenn er allein war. »Dek übt seinen Vortrag«, sagte mein Vater. Ich brachte dem Kranken am Morgen Tee mit Zwieback. Er saß auf dem Bettrand, im Hemd, den Kragen in der Hand .

»He, Kerlchen, du könntest mir mal helfen. Ich verliere immer die Kragenknöpfe, und auch meine Stiefel sehe ich nicht.«

Er fragte, wie alt ich sei und ob ich gute Lehrer in der Schule hätte.

Ich fand die Knöpfe rasch, und Dek sagte: »Wenn ich nach Hause komme, dann wartet dort auch ein Knabe auf mich, kleiner als du, und ich hoffe, daß er mir später genauso schnell helfen kann wie du.«

Mein Vater rief aus dem Treppenhaus: »Dek, die Kutsche von de Haas ist da!«

Multatuli zwinkerte mir zu und sagte: »Ich hoffe inständig, daß es keine lange schwarze ist, umrahmt von Leichenbittern!«

Mein Vater und ich winkten ihm nach, ich gab dem Kutscher des Doktors den Koffer.

»De Leeuw«, sagte Dek noch aus dem Fenster der Kutsche, »dein Junge da scheint mir ein guter Junge zu sein.«

Seitdem hieß es bei uns daheim nur noch »Dek« hier, »Dek« da, und mir war völlig klar, warum sich mein Vater durch die Einladung von Dr. Zürcher geschmeichelt fühlte, einem noch größeren Bewunderer und Gönner Multatulis als Doktor de Haas. Ein Mann mit großem Einfluß. »Der bekannte Maler« nannte mein Vater ihn, aber ich habe nie jemanden getroffen, der in irgendeinem Museum ein Gemälde von ihm gesehen hat. Dr. Zürcher hatte einen langen schwarzen Bart, und beide Male, als er bei uns zu Besuch war, erschien er in einem prachtvollen weiten Umhang mit breitem Kragen und kariertem wollenem Innenfutter. Ein gewichtiger Mann, der mir immer freundlich über den Kopf strich. Später, in Malang, stieß ich im Nieuw Nederlands Biografisch Woordenboek noch einmal auf seinen Namen. Ein paar Einzelheiten aus seiner Lebensbeschreibung fand ich zu schön, ich mußte sie einfach abschreiben: »Am 29. April 1878 ehelichte er in Amsterdam eine sehr vermögende katholische Dame, die Witwe Huysser, die siebzehn Jahre älter war als er. Im selben Jahr promovierte er in Berlin zum Doktor der Philologie mit der Dissertation ›Ein Beitrag zur Deszendenztheorie‹. Er beherrschte etwa fünfzehn Sprachen in Wort und Schrift und besaß darüber hinaus Kenntnisse in ungefähr fünfundzwanzig weiteren Sprachen, widmete sich der Malerei, der Musik und der Literatur. Kurzum, er war ein universeller und genialer Mann, allerdings fehlte es ihm an Selbstdisziplin und der Kraft zur Beschränkung. Für Multatuli, dem er große Bewunderung entgegenbrachte, kaufte er ein Haus in Nieder-Ingelheim, und er sandte ihm regelmäßig Kisten voller Bücher. 1889 kam es zur Scheidung, bei der er die ihm angebotenen Millionen bis auf einen Teil ausschlug. 1892 ehelichte er in London Johanna Cornelia Bijleveld van Serooskerke, geb. am 8.10.1867 zu Den Haag, die Tochter des sehr vermögenden Meester Bijleveld. Zürchers Oeuvre umfaßt etwa hundertfünfzig große und kleine Gemälde. Er porträtierte auch Multatuli. Zürcher verstarb am 9. März 1905.« Mochte es ihm auch an Selbstdisziplin und Beschränkung gefehlt haben, wie er zu Geld kommen konnte, wußte dieser Zürcher verdammt gut! Vor allem der Umfang des nicht ausgeschlagenen Teils der ihm angebotenen Millionen hat mich immer interessiert.

Doktor de Haas, der Augenarzt, reiste mit uns

zusammen nach Amsterdam. Im Coupé las er meinem Vater die neuesten Ideen von »Dek« vor. Die Herren waren tief beeindruckt. »Dek« müsse sich, so der Arzt, sehr in acht nehmen, er fordere seiner Gesundheit zuviel ab, und wenn Mimi nicht wäre, um auf ihn aufzupassen, dann wäre dem Arzt zufolge »Deks Kerze schon längst heruntergebrannt«. Vor der Tür von Zürchers Grachtenhaus stießen wir auf einen anderen Herrn. »Vos!« rief der Arzt, »wie geht's dir?« Mein Vater war sprachlos vor Ehrfurcht. Meester Carel Vosmaer! Noch so eine Berühmtheit. Ich spürte, wie mein rechtschaffener Vater auf einmal vor dem Treffen mit diesen Persönlichkeiten zurückschreckte. Zögernd schlurfte er hinter den anderen her und fragte sich wahrscheinlich verzweifelt, wie er, der einfache Händler in Schiffszubehör, sich in dieser erlauchten Gesellschaft verhalten sollte. Wahrscheinlich reute es ihn auch, daß er mich mitgenommen hatte. Ich konnte nicht sehen, wie er sich schlug, denn ich wurde von einem Dienstmädchen in eine Art Warteraum gebracht. »Da, mein Kerlchen, schöne Bilderbücher.« Vierzehn Jahre! Bilderbücher! Und das auch noch im selben Haus, in dem hohe Herren sich des Schicksals des größten niederländischen Schriftstellers annahmen. An der Wand des Warteraums hing ein großes Gemälde. Scheußliche Schalen mit Phantasiefrüchten und zwei toten Kaninchen.

»Vom gnädigen Herrn selbst gemalt«, sagte das Dienstmädchen.

Sie trug eine weiße Schürze, die so gestärkt war, daß sie krachte. Sie brachte mir eine Tasse Schoko-

lade und ließ zum Glück die Tür offen, so daß ich von Zeit zu Zeit die Stimmen im Salon nebenan hören konnte. »Mimi und Dek leben in elenden Verhältnissen«, sagte jemand. »Vielleicht nicht ganz ohne eigene Schuld«, sagte ein anderer, »aber ein großer Schriftsteller bleibt er, und irgend etwas muß passieren.« »Sehr viel muß passieren«, sagte ein Dritter, »die Freunde werden viel beisteuern müssen.« »Eine gewisse Kontrolle des Verlegers dürfte auch nicht schaden«, sagte wieder ein anderer, »eine Leibrente ist das beste.« Stille, dann Laute des Protests. »Das wird Dek nie akzeptieren!« »Sagst du's ihm, Versluys, das mit der Leibrente?« Die Stimme meines Vaters hörte ich nicht. Ein Diener trug Gläser und eine Tonflasche in den Salon. Beim Abschied durfte ich den Herren die Hand geben. »Ein netter Junge, de Leeuw«, sagte Zürcher. »Ja, das fand Dek auch, als er bei uns logierte.« Ich ärgerte mich über meinen Vater. Er stand in dieser Gesellschaft unterwürfig herum. Auf der Rückfahrt mit Doktor de Haas sagte er nicht viel, schaute etwas trübsinnig aus dem Fenster. Am Delftsche Poort stand die Arztkutsche. Der Doktor setzte uns vor unserer Tür ab. »Au revoir, de Leeuw«, sagte er.

Meine Mutter hatte an jenem Abend braune Bohnen mit Speck gekocht, das werde ich nie vergessen. Mein Vater aß schweigend, erzählte nichts von der Versammlung in Amsterdam, verließ noch vor den Pfannkuchen den Tisch, und um elf Uhr sah ich ihn noch immer an seinem Sekretär sitzen, laut rechnend, sich am Kopf kratzend, nervös mit den Füßen scharrend, viel zu heftig die Lampe aufpumpend. Und in den darauffolgenden Wochen das gleiche. Das Geschäft laufe schlecht, sagte meine Mutter. Nicht honorierte Forderungen, verfallene Wechsel und die Pleite eines großen englischen Schuldners. Vielleicht würden wir von hier wegziehen müssen.

Eines Abends legte mein Vater Gabel und Löffel nieder und sagte: »Wäre ich nur ein großer Schriftsteller, immer mit dem Höheren befaßt, dann hat Armut einen Sinn, dann ist man Künstler.«

»Aber für mich bist du ein Künstler«, sagte meine Mutter tröstend und als wäre das genug.

»Ach Gott, ein Droogstoppel an der Börse, und ein armer Droogstoppel obendrein!« Meine Mutter sah ängstlich in meine Richtung.

»Nein, nein, der Junge kann's ruhig hören!« sagte mein Vater. Er lief jetzt unentwegt um den Tisch herum. »Das Geschäft ist fast pleite, mein Junge, und das ist sehr schlimm. Und keinen Cent kann ich beisteuern für Deks gute Sache.«

Stocksteif saßen meine Mutter und ich da und hörten zu. Selbstvorwürfe, eigene Ohnmacht und Unfähigkeit, Flaute im Schiffszubehörhandel, schlechte Bedienstete. Meine Mutter weinte, und ich spürte, wie mir der Kopf glühend heiß wurde und sich mir die Kehle zuschnürte.

In der Woche darauf verließ ich die Schule und begann als Laufbursche bei den Gebr. Wilhelmus, Großhändlern in Jutesäcken für den Getreidehandel.

♦

BETTINA sog nervös an ihrer Zigarette und klopfte sie nach jedem Zug am Rand des Aschenbechers ab. Sie schüttelte auch in einem fort den Kopf. Vorerst würde sie einfach nicht glauben können, daß es wirklich passiert war, wie es passiert war, wie ein so harmloser kleiner Ausflug derart unglücklich enden konnte. Zufällig war sie gerade auch in Chittagong, und dort traf sie im Hotel Agrabad diesen Freund von mir, der seine Hafeninspektion gerade beendet hatte und sich auf dem Weg zu dem romantischen Strand in Cox's Bazar befand. Er wußte, woher der Name kam. Vor hundertfünfzig Jahren habe dort ein britischer Offizier namens Cox gelebt. Das heißt, so schrecklich romantisch sei der Ursprung nun auch wieder nicht. Sie selbst fand, Darjeeling (in den kühlen Bergen Nordindiens, wo der berühmte Tee herkam) liege viel besser im Ohr. Darüber unterhielten sich Tommie und sie beim Lunch, und beim Bestellen hatten sie lachen müssen. Die Speisekarte sah schön aus und sehr abwechslungsreich. Französische, englische, einheimische Gerichte. Der Junge ließ sie seelenruhig alle möglichen Köstlichkeiten aussuchen, nahm mit ernster Miene ihre Bestellung auf und stellte nach einer halben Stunde zwei Teller Reis und ein Schälchen Curry mit Garnelen vor sie hin: »What you order, we don't have it. Only before the war we have it.«
Also war sie mitgefahren nach Cox's Bazar, eine lange Fahrt durch die Dörfer, verirren konnte man sich nicht, es gab, war man erst einmal aus Chittagong raus, nur eine Straße, und die war nicht ein-

mal so schlecht. An einer kaputten Brücke mußten sie auf eine Fähre warten, und da hatte Tommie auf einmal gesagt: »Eigentlich müßte ich dich jetzt umarmen.« »Ach ja?« »Ja, und ich tu's auch, noch bevor wir wieder in Chittagong sind, und wenn wir wieder in Chittagong sind, dann...« Ach, ähnliches hatte sie schon öfter zu hören bekommen. Von Ärztekollegen in Biafra, von anderen Menschenrettern bei dem Erdbeben in Guatemala, und demnächst in Vietnam würde sie es vielleicht wieder hören. Der übliche Annäherungsversuch, nichts Neues. Sie gab in solchen Situationen nie mehr eine Antwort und entschied sich erst im letzten Moment, mal positiv, mal negativ – und wie es ausging, schrieb sie ihrem Mann in Zürich immer genau. Es lebe die Freiheit.

Tommie Vaulant wurde ganz aufgeregt, als er den kilometerlangen leeren Sand vor sich sah, und rannte in der Badehose ins Meer. Einen solchen Strand, ein solches Meer hatte auch sie noch nie gesehen. Und kein Mensch weit und breit, auch nicht unter den wedelnden Palmen. Ein niedriger Bergrücken im Süden, wo Birma begann. Er rief vom Wasser aus und winkte. Sie ging in das verlassene Government Resthouse, um sich ebenfalls umzuziehen. Als sie wieder herauskam, war er verschwunden. Sie stolperte lange, zu lange, ratlos durch den weichen Sand, hin und her. Anfangs war sie vor allem wütend: Hier stand sie, die Rotkreuzärztin, große Erfahrung in Erster Hilfe, die Regeln für künstliche Beatmung kannte sie aus dem Effeff, sie murmelte sie sogar leise vor sich hin –, nur vom Opfer nirgends eine Spur, das Wasser war obendrein kristallklar, und von gefährlicher Brandung keine Rede, und trotzdem sah sie ihn nirgends, nirgends! Sie lief ins Meer und rief und rief und schaute sich sogar zu dem gut dreihundert Meter hinter ihr am Strand gelegenen Palmenwäldchen um, in der Hoffnung, er spränge dort plötzlich huhu rufend hervor. Ja, jetzt wußte sie, was Ohnmacht war. Und nachmittags, als er in den Hubschrauber geschoben wurde, hatte er sie völlig erstaunt angestarrt – das war noch das Schrecklichste, und später hatte sie sich maßlos über sich selbst geärgert. Hunderte von fremden Toten hatten sie während ihrer erfolgreichen ärztlichen Laufbahn angesehen, aber noch nie war einer darunter gewesen, der dermaßen erstaunt geschaut und ihr ein solches Gefühl sinnloser Gewichtigkeit gegeben hatte. Und vielleicht könne ich ihr sagen, ob diese verpaßte Umarmung und die unausgesprochenen Dinge, die für den Abend in Chittagong auf Tommies Programm gestanden hätten, auch etwas mit ihrer lächerlich tiefen Trauer um den Tod eines Fremden zu tun hätten.

ZWEI WOCHEN SPÄTER gab es aus Anlaß von Bettinas Weggang eine intime kleine Party in der Suite von Dr. Kleinsli, dem Chef des Schweizer Rotkreuzteams in Bangladesch. In seiner kurzen Ansprache sagte er, Bettina sei eine der besten Mitarbeiterinnen gewesen, denen er während seiner langen Laufbahn in allen möglichen Katastrophengebieten (mühelos zählte er an die acht Länder auf, von Laos bis Nicaragua) begegnet sei. Und was sie hier im Januar '72 geleistet habe, vor allem in den Bihari-Lagern, sei von fast biblischem Zuschnitt. Allgemeines Kopfnicken: Hubschrauberpiloten, Krankenschwestern, Ärzte. Alle mit dem Glas im Anschlag, um ihr zuzuprosten und »happy landing in Saigon« zuzurufen. Sie sah mich ein paarmal kurz an, sprach aber nicht mit mir. Nach Dr. Kleinslis Toast wurde sie von allen geküßt und sagte, in einem Moment allgemeiner Stille: »In unserem Beruf sehen wir uns immer früher wieder, als wir denken – darum verabschiede ich mich nicht von euch.«

Aber später an diesem Abend klopfte sie auf dem Weg in ihr Zimmer an meine Tür, und auf der Schwelle schlang sie ihre Arme um mich und küßte mich heftig, genau auf den Mund. Sie schwankte etwas, und ich roch Whisky. »Ich bin«, sagte sie, »ich bin ein bißchen aufgeregt, ich weiß also nicht genau, was ich tue, aber diese Umarmung – diese Umarmung gebe ich dir.«

Ich hätte sie natürlich hereinbitten sollen (schließlich war auch ich allein und schon lange fort von zu Hause), aber sie war bereits weg und öffnete die Tür zu ihrem Zimmer, ohne sich nach mir umzusehen. Am nächsten Morgen sah ich sie an der Rezeption des Hotels ihre Rechnung begleichen, aber ich bin nicht zu ihr gegangen.

♦

IN MALANG wohnten wir von '36 bis '38 im Tandjongweg neben der Familie Vaulant, die sehr reich sein mußte, denn ihr Haus war sehr groß, mit langen Galerien und vielen Nebengebäuden und einem riesigen Garten voller Waringinbäume und Palmen. Es gab vier Kinder aller Altersstufen. Mit Tommie Vaulant saß ich zusammen in der zweiten Klasse der Christlichen Grundschule. Mittags, während der Ruhestunde, spielten wir hinten in ihrem Garten, im sogenannten »wilden Teil«, an einem tiefen Brunnen zwischen dichtem Bambusgebüsch. Dort stand auch ein großer Affenkäfig mit grauen Gibbons. Ein paar Schildkröten krochen ebenfalls herum. Wir aßen Reis mit Fisch und *lombok* zusammen mit den Dienern.

Am beeindruckendsten war das Zimmer von Tommies ältestem Bruder Dieudonné, dem Vorsitzenden des Schülervereins und einem flotten Ukulele-Spieler, der gern »Sweet Sue« und »Home on the Range« und andere Lieder sang. An den Wänden seines Zimmers hingen große Fotos von Filmstars, in einer Tischschublade bewahrte er einen Schlagring und einen Gummiknüppel (»im Hinblick auf Einbrecher«), und während der Siesta lief er in einer kurzen Tigerfellhose herum (»me Tarzan of the apes«). Tommie hatte auch noch zwei ältere Schwestern. Sie wurden einmal von Seekadetten in Taxis mit offenem Dach abgeholt zu einem Fest in Surabaja, nicht gerade um die Ecke. Zwei Tage wollten sie fort sein, und Tommie und ich kapierten nicht, weshalb sie dafür sechs Koffer brauchten. Sie verab-

schiedeten sich von ihrer Mutter, als sei es für immer. Wir sahen ihnen verächtlich nach, mit ihren dauergewellten Köpfen und diesen hackenknallenden Poussierstengeln in weißen Anzügen. »Wenn sie wieder zurück sind, werden sie wahrscheinlich ungenießbar sein«, sagte Tommies Mutter.
Eines Tages nahm Tommie mich mit in den inneren Teil des Haupthauses, wo die Flure dunkel und kühl waren. Mit dem Finger auf den Lippen ließ er mich kurz durch die Jalousien einer Schwingtür lugen. In einem dämmrigen Schlafzimmer, auf einem sehr breiten Bett mit einem kunstvoll zusammengebundenen Moskitonetz darüber, lag Mevrouw Vaulant leise schluchzend auf dem Bauch, den Kopf auf den Armen. Ihre Schultern zuckten, es war ein erbarmungswürdiger Anblick. Wir schlichen uns fort, und auf der hinteren Galerie sagte Tommie in gewichtigem Ton: »Das macht meine Mutter in letzter Zeit fast jeden Mittag.« Ich war höchst beeindruckt und traute mich nicht, daheim davon zu erzählen. Hier mußte es sich um ein grauenvolles Geheimnis handeln, denn Mevrouw Vaulant kannte ich nur als lachlustige Dame mit prachtvoller Lockenfrisur, die immer scherzte und viel sang (wie Dieudonné, auch wenn es andere Lieder waren). »J'attendrai« und »On the Isle of Capri«.
»Und dein Vater?« fragte ich. Tommie zuckte mit den Achseln. Sein Vater war eigentlich nie zu Hause. Wochenlang war er fort, um »sich um seine Belange im ›Großen Osten‹ zu kümmern«. Wenn er dann zurückkehrte, wurde am Abend darauf stets ein großes Fest gegeben. Und am darauffolgenden

Abend ebenso. Es gab keine Reise, von der Papa nichts mitgebracht hätte. Ausgestopfte Krokodile, neue Affen, Papageien und sogar Paradiesvögel, man stelle sich vor: aus Neuguinea, und dann wurde bis morgens früh Bridge gespielt und, so Tommie, »waaahnsinnig gesoffen«. Letzteres war mir bekannt, denn mein Vater, ein Haus weiter, ärgerte sich an solchen Abenden schwarz und erwog sogar, sich beim Bürgermeister, den er vom Schachclub »Capablanca« her kannte, über die Lärmbelästigung zu beschweren. Gelalle und Gebrülle auf Vaulants Veranda, um fünf Uhr morgens mit quietschenden Reifen wegfahrende Autos, wobei der Kies knallte wie Maschinengewehrfeuer.
Bei einem anderen Schleichgang durch das Haus Vaulant gelangten wir zu den hintersten Räumen, ganz am Ende der letzten Galerie, bevor man zu den Dienstbotenquartieren kam. Dort saß auf einem Schaukelstuhl ein alter Mann in gestreiftem Pyjama, Schlappen an den Füßen. Er hatte ein Buch auf dem Schoß, las aber nicht. Die Brille hatte er auf die Stirn geschoben. Seine Augen waren geschlossen. Hinter einem Hibiskusgebüsch belauerten wir ihn.
»Das ist mein Opa«, sagte Tommie.
»Ich wußte gar nicht, daß du auch noch einen Opa hast.«
»Ist doch logisch«, sagte Tommie. Dieser Opa war ein komischer Kauz, der ständig verrücktes und unanständiges Zeugs sagte, jedenfalls fand Tommies Vater das, und daher durfte sich der Alte seit einiger Zeit nicht mehr im Vorderhaus blicken lassen. Wenn Gäste da waren, durfte er nicht einmal seine

Seitengalerie verlassen. »Wieso komisch? Was sagt er denn?« Ach, das war Tommie auch nicht ganz klar, aber der eigentliche Grund war vielleicht der, daß der alte Herr sich ständig mit seinem Schwiegersohn anlegte. Einmal stand er plötzlich da, als Tommies Vater nach einer seiner langen Reisen Freunde auf einen Schnaps eingeladen hatte und gerade mit der fabelhaften Kopraernte einer seiner Plantagen rumprotzte. Plötzlich war der alte Mann in seinem schmuddeligen Pyjama und unrasiert aufgetaucht und hatte gesagt: »Leo, du bist ein widerlicher Ausbeuter. Die Einheimischen werden dich noch mal an der höchsten Kokospalme aufknüpfen.« Todesstille auf der Veranda, und dann hatte Tommies Vater leise, aber giftig zu Tommies Mutter gesagt: »Jetzt reicht's aber. Dein Alter kommt mir nicht mehr aus seiner Bude oder er verschwindet mit dem nächsten Schiff nach Holland.« Letzteres ging natürlich nicht. Wo sollte Opa hin? Er war fast siebzig und hatte keine Verwandten mehr in Rotterdam, war schon seit Jahren Witwer – nein, den hatten sie wohl am Hals bis zu seinem Tod, und der war noch nicht in Sicht, denn Opa war ein unglaublich zäher Bursche, der jeden Morgen noch dreißig Kniebeugen mit kerzengeradem Rücken und ohne das geringste Geröchel oder Gehuste hinkriegte. Und das, obwohl er eine Selbstgedrehte nach der anderen rauchte und soff wie ein Malaie. Die leeren Genever- und Bierflaschen pfefferte er mit sicherer Hand (und in immer kürzeren Abständen) zielsicher von seinem Schaukelstuhl aus in einen eigens zu diesem Zweck unterhalb der

Galerie aufgestellten eisernen Abfallbehälter. Das Geklirre von zerschellendem Flaschenglas war auch im Haupthaus deutlich zu hören, und dieses Geräusch machte Tommies Vater, wenn er zu Hause war, wirklich rasend!

Tommie war eigentlich der einzige, der den Alten noch regelmäßig besuchte, und das meist auf Bitten seiner Mutter. Sie kam manchmal wochenlang nicht auf die hintere Galerie. Allerdings sorgte sie stets eigenhändig für einen reibungslosen Nachschub an Alkohol und Zigaretten, und mit der Köchin besprach sie immer die besonderen Leckerbissen, die ihr Vater liebte. Nun ja, besondere Leckerbissen. Der Mann war mittlerweile schon fast fünfzig Jahre in »Indien«, sagte Tommie geringschätzig, aber eigentlich fraß er immer noch am liebsten Brot mit Spiegeleiern oder ein deftiges Schweinskotelett.

Opa freute sich immer, wenn Tommie kam. Er sprang auf, als habe er auf ihn gewartet, und marschierte dann, Reden schwingend, auf der Galerie auf und ab, stets mit einem Buch in der Hand, auf das er aufgeregt klopfte. »Hier steht's, hier steht's! Lassalle hat das schon 1843 gesagt! Bei Engels kann man es wortwörtlich so lesen…«

Dabei konnte sich der alte Herr dann sehr erregen. Tommie wußte meist nicht einmal, wovon er sprach. Politik oder so. Kommunisten und Kapitalisten oder so, und immer war Opa aufgebracht und drohte den Hibiskussträuchern mit dem Finger, und immer schloß er mit denselben Worten: »Das nimmt noch ein böses Ende, das nimmt noch ein

böses Ende, verdammt, das nimmt noch ein sehr böses Ende!«
Und jetzt schlichen wir uns an Tommies Opa ran, während er in seinem Schaukelstuhl schnarchte, um uns die »geheimen Dinge« in seinem Zimmer anzusehen. Geheime Dinge? Aber ja, denn niemand durfte Opas Zimmer betreten, aber auch wirklich niemand, folglich mußte es in diesem Zimmer, so meinte Tommie, geheime Dinge geben. Es war gegen drei Uhr nachmittags, und auf dem Vaulantschen Anwesen war es warm und totenstill. Nur ein Truthahn kollerte von Zeit zu Zeit hinten im Garten, und die Beos konnte man auch von hier ganz deutlich ihren eigenen Namen rufen hören. Sonst nur Opas Geschnarche und ein lähmender Schreck, als wir uns gerade an ihm vorbeigeschlichen hatten und er im Schlaf sein Buch vom Schoß stieß.
Die Jalousietüren zu Opas Zimmer standen offen. Wir schlüpften hinein. Bücher, Zeitungen, Papiere in Stapeln auf seinem Schreibtisch (einem altmodischen Sekretär mit Rolladen), Bücher auf dem kleinen Tisch neben seinem Bett, Bücher im Bett unter dem Moskitonetz, und überall an den Wänden kleine und große Bilder von Männern mit Schnurrbärten, allein und in Gruppen, und eine große Karte von Niederländisch-Ostindien und eine noch größere Karte von Asien.
»Wo sind die geheimen Dinge?« flüsterte ich, ein wenig ängstlich und ärgerlich ob der Gefahr, die Tommie uns wegen nichts und wieder nichts eingehen ließ. Er schaute sogar unters Bett, zeigte mit angeekelter Miene auf den vollen Nachttopf und

fing auch noch an zu kichern. In den Ecken Bücherkisten mit Batiktüchern darauf, und noch mehr Bilder, gerahmt, mit Damen und Herren, die unbestimmt ins Zimmer blickten. Hier standen und hingen mehr Fotos als im »Photomagazijn Modern« in der Kajutangan, wo ich erst kürzlich mit einer Stinkwut im Bauch und angeklatschten Haaren meine beiden jüngeren Brüder auf einem Samtsofa hatte umarmen und angrinsen müssen – für unsere Großeltern und andere Verwandte in Holland.
Plötzlich platzte Tommie los und konnte gar nicht mehr aufhören zu lachen, und zwar nicht nur des vollen Nachttopfs wegen, sondern er machte mich auf ein großes Bild neben Opas Bett aufmerksam, mit einer nackten Frau in Tanzpose. »Verdammt und zugenäht, Mensch, das ist natürlich Opas Geheimnis! Alter Lüstling!« Es war so dunkel im Schlafzimmer, daß wir uns dicht davorstellen mußten, um die Tänzerin bis in alle Details betrachten zu können. »Dieser alte Lüstling«, sagte Tommie immer wieder, »wart bloß, bis ich das Paps erzähle...«
Ich glaubte draußen auf der Galerie ein Rascheln zu hören und zog Tommie mit hinaus. Wir rannten weg, unsere nackten Füße patschten auf den glatten Fliesen. Ich drehte mich um und sah Tommies Opa erstaunt vom Schaukelstuhl aufstehen und uns nachschauen. Ganz hinten im Garten hielten wir uns eine Weile versteckt und zankten uns fürchterlich. Ich sagte, ich fände es gemein, wenn Tommie seinem Vater etwas von diesem Foto erzählen würde. Der würde Opa als alten Trottel hinstellen, und

vielleicht würde seine Mutter dann noch mehr weinen müssen, als sie jetzt schon aus nicht bekannten Gründen tat. Tommie kicherte und sagte, er höre seinen Vater schon jetzt vor Lachen brüllen, und bestimmt würde sein Vater mitsamt seinen Freunden in Opas Zimmer gehen, um sich mit eigenen Augen anzusehen, vor welcher altmodischen Schönen der alte Knacker sich täglich aufgeilte. Großer Gott, würden die Typen lachen, und Tommie hörte seinen Vater schon rufen: »He, Alter, glaubst du denn immer noch an die Auferstehung?« Obwohl ich letzteres in meiner Einfalt nicht verstand, blieb ich dabei, daß ich es widerlich fände, und seine Mutter sicherlich auch. Ich wolle jedenfalls nichts damit zu tun haben. Dann müsse er sich eben jemand anderen suchen, mit dem er sich an seine Familienangehörigen ranschleichen könne. Du bist ein Feigling, sagte ich, und wir kloppten uns in diesem Bambusgebüsch, daß die Fetzen flogen. Meine Lippe blutete, aber seine auch. Er war viel stärker und mutiger als ich, doch diesmal hatte ich Glück und schaffte es, ihm zwischen die Beine zu treten. Er sah mir bitterböse und heulend nach, aber am nächsten Tag klopfte er mittags wieder an mein Fenster. »'tschuldigung, Bo, 'tschuldigung.« Seit diesem Tag nannte er mich »Bo«.

♦

ZU DER ZEIT, als Tommie ertrank und Bettina nach Saigon ging, hatte ich alle Hände voll zu tun als Geschäftsträger a.i. der Niederlande. Zeit, um über Tommies Schicksal nachzudenken oder die Abreise einer der attraktivsten Bewohnerinnen des Intercontinental zu beklagen, war mir nicht vergönnt, sonst hätte ich über diese Episode ein schönes langes Gedicht geschrieben oder eine rührende Erzählung über verpaßte Chancen, die damit endete, daß ich der Beinahe-Geliebten im Flugzeug nach Vietnam durch einen Tränenschleier nachblickte. Aber nein, das Telefon ging, und ein Mann vom bangladeschischen Zoll fragte mich in sachlichem Ton, wie ich den an mich adressierten Saugbagger von zweihundert Tonnen oder etwas in der Größenordnung in Empfang zu nehmen gedächte. Natürlich wußte ich, daß ein solches Geschenk der Niederlande für Bangladesch im Rahmen der Entwicklungshilfe unterwegs war, aber es war so viel unterwegs, und wie nahm man so ein Gefährt in Empfang? Der Mann vom Zoll wiederholte noch einmal sicherheitshalber die Adresse: Chargé d'affaires of the Netherlands, room 702, Hotel Intercontinental, Dacca, und morgen nachmittag treffe dieses Ungetüm in Chittagong an Deck eines deutschen Frachters ein, und wenn ich es nicht sofort löschte, würde das pro Stunde tausend Dollar Liegegeld kosten, und was ich mit dem zweihundert Tonnen schweren Saugbagger eigentlich in diesem Hotelzimmer wolle? Letzteres sei nur so aus Neugier gefragt. (Kurzes Auflachen, alles in tadellosem Englisch.) Na schön, sagte ich mir verzweifelt, einen erfahrenen Diplomaten legt man doch nicht mit einer derartigen Lappalie aufs Kreuz. Jetzt erwies sich wieder der Nutzen von Cocktailparties, sogar in einer ausgemergelten Stadt wie Dacca, in der andere und ich Abend für Abend frohgemut mit einem Glas Seven Up herumspazierten. Vorige Woche erst hatte ich bei einer derartigen Gelegenheit den Kommandanten der bangladeschischen Marine kennengelernt, in einer schönen Uniform zwar, nur über eine Flotte verfüge er im Moment nicht, sagte er, daher könne er seine ganze Zeit dem Aufbau der nationalen Binnengewässerorganisation widmen, die für das Befahrbarhalten der Myriaden von Flüssen und Kanälen verantwortlich sei, die das Land zähle. Viele der größeren Wasserstraßen seien versandet (Schuld der Pakistani, die in den letzten Jahren ihre Ostprovinz absichtlich vernachlässigt hätten), folglich interessierte sich der Marinekommandant für die Niederlande, die ihm zu Baggern verhelfen konnten. Der Admiral hatte sein Büro bereits verlassen, als ich anrief, aber ich begab mich im Fahrradtaxi zum »Cantonment«, einer Kasernenanlage hinter dem Flughafen, wo höhere Militärs und Minister wohnten. Der Admiral saß mit Frau und Kindern beim Tee und fühlte sich, wie er sagte, durch meinen unerwarteten Besuch sehr geehrt, aber das war schnell vorbei, als ich ihn fragte, ob er morgen vormittag vor elf Uhr in meinem Namen den ersten dem Volk von Bangladesch vom niederländischen Volk geschenkten Saugbagger in Empfang nehmen wolle, denn dafür hätte ich in meinem Hotelzimmer natürlich nicht das geeignete Instrumentarium zur Verfügung (haha, lachten wir), wohingegen diese Aufgabe für ihn als Chef der Marine und gleichzeitig Chef der Binnenschiffahrtsorganisation (für die der Bagger bestimmt war) natürlich nur »peanuts« sei. Haha, und wie wir lachten. Noch eine Tasse Tee, Sir? Gib his Excellency noch eine Tasse Tee. Thank you. Thank you. Ein kleines Problem habe er allerdings auch, denn der Hafen von Chittagong (inklusive dem Kran, den es brauche, um ein solches Ungetüm von Bagger vorsichtig vom Deck des deutschen Frachters auf einen Leichter herunterzuheben), stehe derzeit unter der Befehlsgewalt eines russischen Admirals, der bekanntlich im Namen des russischen Volkes, als Hilfe für das Volk von Bangladesch, den von der pakistanischen Luftwaffe so schrecklich verwüsteten Hafen voller Wracks wieder verwendungsfähig mache – und daher werde keine Schiffsmaschine im Golf von Bengalen ohne die Zustimmung dieses russischen Admirals angelassen, der, im Vertrauen gesagt, ein unfreundlicher und autoritärer Patron sei, an den sich die Bangladesh Navy nur dann wende, wenn es wirklich nicht anders gehe. Sehnsüchtig warte man auf den Tag, an dem die russischen Helfer mitsamt ihren Hubschraubern, Schiffen, Autos, Soldaten, Matrosen verschwänden. More tea, Sir? Er machte ein unglückliches Gesicht, der Admiral, und fuhr sich nervös über seine weiße Hose, knabberte nachdenklich an einem Keks und lächelte gequält, als ich – fauler Witz – noch einmal darauf hinwies, daß der Direktor des Intercontinental Hotels womöglich ernsthafte Einwände gegen das Verfrachten eines solchen Baggerungetüms in die siebente Etage seines Etablissements haben könnte. Plötzlich erhob er sich resolut und sagte, er werde den russischen Botschafter anrufen. Der würde dann seinen Admiral in Chittagong … wir müßten die offizielle Rangordnung einhalten, darauf komme es bei diesen Leuten an. Er telefonierte. Die »Excellencies« und »sirs« nahmen kein Ende. Er legte auf und rief: »Sie erlauben es! Sie erlauben es!« Und nun würden er und ich morgen nach Chittagong fliegen, mit einem (russischen) Hubschrauber, und dort könnten wir alles mit dem Admiral an Ort und Stelle regeln.

»More tea, sir, or a coke?« Es wurde eine erleichterte Teaparty.

Wir flogen zusammen nach Chittagong, er mit allen seinen Orden auf der Brust. Der russische Admiral hatte in den ersten Stunden keine Zeit für uns. Im Vorzimmer seines Büros blickten wir auf den Hafen. Dort tuckerte unter dem kläglichen Geheul einer Dampfsirene ein wahrer Ozeanriese heran. Das mußte er sein. Ein Irrtum war nicht möglich: Auf dem Achterdeck stand ein Ungetüm, in meiner Phantasie so groß wie zwei Doppelhäuser, auf dessen Flanken in flammenden Lettern gepinselt war: Chargé d'affaires of the Netherlands, room 702, Hotel Intercontinental, Dacca. Alles, dachte ich, alles will ich tun, um diesem Volk in seiner Not zu helfen (wer bin ich, daß ich helfen darf?), aber das können sie doch nicht von mir erwarten, von mir, dem tolpatschigsten Trottel der Welt, der mit

einem kleinen Koffer in dies Land gekommen ist, seine Reichsschreibmaschine auf die Frisierkommode in Zimmer 702 …
»Do you see what I see, sir?« sagte mein Admiral entzückt. »There she is.« Auch Saugbagger sind für einen Seemann Schiffe und damit weiblich.
»Yes«, sagte ich, »there she is. The address is correct.«
Ein Tag verbissener Aktionen folgte, aber ein tiefes Gefühl der Erleichterung und Zufriedenheit erfüllte mich, als gegen Abend die für mich bestimmte Kiste neben dem großen Schiff auf dem Wasser schaukelte. Es war geglückt, und gerade noch rechtzeitig. Ich hatte meinem Minister durch mein entschlossenes Auftreten Tausende von Dollar an zusätzlichem Liegegeld erspart. Der deutsche Dampfer heulte zum Abschied, und inmitten der Kulis des Admirals auf dem Saugbagger sitzend, der auf allen Seiten mit meiner vollständigen Adresse in unauslöschbarer Farbe verziert war, winkte ich den Deutschen an der Reling nach.
»We did it, sir, we did it!« rief der Admiral neben mir und salutierte noch einmal in Richtung des langsam wegtuckernden Schiffes. Danach drückten wir dankbar viele russische Hände. Kleine Schlepper zogen unser Geschenk für das Volk von Bangladesch weg, und nie war mir deutlicher bewußt, daß Geben seliger ist denn Nehmen. Dies sei Entwicklungshilfe in ihrer besten Form, sagte ich gerührt zu den bengalischen und russischen Seebären neben mir am Kai. »Right you are, sir«, sagte der bengalische Admiral. Die Russen sagten nichts,

aber wir gaben uns alle noch einmal schweigend die Hand. Ich hatte also alle Hände voll zu tun in dieser Zeit.

♦

MALANG, JAVA, 1934–1938

Wir siedelten um nach Overschie. Das war Ende 1882, und mein Vater hatte sein Geschäft verloren. Morgens gingen wir zusammen los. Er war jetzt Lagermeister auf der Duiverman-Werft, einem kleinen Betrieb, in dem nicht viel gebaut wurde. Diese Anstellung verdankte mein Vater seinem Bruder, der gemeinsam mit Mijnheer Duiverman Presbyter in der Kirche an der Aelbrechtskade war. Ich ging zu den Gebr. Wilhelmus, nach einem halben Jahr schon nicht mehr als Laufbursche, sondern als rechte Hand, Stab und Stütze des älteren Bruder Wilhelmus, dem ich seine Zeitung und die Zigarren besorgte und dessen Freundinnen überall in der Stadt ich Blumen brachte. Vertrauensmann war ich, sechzehn Jahre alt, und im Geschäft traute sich keiner, auch der andere Bruder Wilhelmus nicht, mir Aufträge zu erteilen. Ich war der Günstling des Prinzipals, und der steckte mir so viele Extra-Taler zu, daß ich stets schnieke daherkam, vier Paar schöne Stiefel besaß und eine reiche Auswahl an Krawatten. Mein Vater regte sich deswegen oft auf. Ich schien ja mehr Geld zu verdienen als er. Und womit? Das hat er nie erfahren, denn ich hielt mich sehr bedeckt, was meine Tätigkeit für den alten

Wilhelmus betraf, es ging nicht anders. Dieser sechzigjährige Herr war schon bald völlig abhängig von mir. Ständigen Sodbrennens, scheußlich empfindlicher Hühneraugen und einer schwachen Blase wegen kostete es ihn immer mehr Mühe, seinem Ruf als Charmeur gerecht zu werden. Er genoß es sichtlich, als ich ihm erzählte, sein Spitzname unter den Bediensteten laute »Leopold II.«. Er stöhnte, als ich ihm in die Stiefel half, und sagte: »Das is 'n schönes Kompliment, mien Jung. Wenn ich dich doch nur mitnehmen könnte, um die Stiefel gleich wieder runterzukriegen.« Ich tat meist, als verstünde ich diese Äußerungen nicht, denn so wollte er es. Ich sah ihn aus großen unschuldigen Knabenaugen an, und dann schwadronierte er über das Böse im Menschen und die Schlechtigkeit der Welt. An manchen Tagen konnte er überhaupt nicht gehen, und dann gab er mir einen Zehn-Gulden-Schein und die Adresse einer Dame in Kralingen, der ich einen Rosenstrauß überreichen sollte. Besagte Dame drückte nicht nur die Rosen von Väterchen Wilhelmus (wie sie ihn nannte) an die Brust, sondern auch mich, und als ich nach dem ersten Mal meinem Auftraggeber seinen Genever einschenkte, hätte ich fast gesagt, meinetwegen könne er seine Stiefel in Zukunft gern anbehalten.

Manchmal saß mein Vater stundenlang regungslos in dem kleinen Gartenzimmer, von dem aus man auf einen Kanal blickte. Multatulis Schriften lagen noch immer in Reichweite, aber er sprach nie mehr von Dek. Auch die Namen von Doktor de Haas, Zürcher, »Vos« fielen nicht mehr in unserer

Wohnstube. Die Stimmung daheim wurde bedrückt. Auch meine Mutter wurde immer schweigsamer und schüttelte nur besorgt den Kopf, wenn ich wieder mal mit einer neuen Mütze oder Krawatte nach Hause kam. Bis plötzlich, an einem Sonnabend im Juli 1886, mein Vater zu unserem Schrecken aufsprang und sagte: »Ich fahr hin, ich muß ihn noch einmal sehen. Es heißt, daß er sehr krank ist.«

»Wer, Mann, wer?« fragte meine Mutter.

»Dek natürlich, wer sonst.«

»Aber der wohnt doch in Deutschland, nicht wahr?«

»Und wenn er in Afrika wäre, was soll's?«

»Ich fahr mit«, sagte ich. Beide sahen mich an.

»Aber, Junge«, sagte Mutter, »und Mijnheer Wilhelmus …«

»Wenn der Junge mitwill, dann kommt er mit«, sagte Vater und polterte die Treppe hinauf, schneller und fröhlicher als in den gesamten vier Jahren, die wir inzwischen in Overschie wohnten.

Mijnheer Wilhelmus sagte, er halte Multatuli für einen Volksverderber, einen lebensgefährlichen Mann, der die Arbeiter aufhetze und die Monarchie und die Autorität der Obrigkeit untergrabe. Das hätte er nicht von mir gedacht, daß ich bis nach Deutschland wolle, um diesen Narren zu besuchen, der sich von anderen aushalten und seine Familie derweil krepieren lasse. »Aber«, sagte er, »ich war auch mal jung, und man muß sich im Leben nun mal selbst die Schuppen von den Augen reißen, jemand anders tut es nicht für einen, hier, bitte schön, sind fünfundzwanzig Gulden, aber erst noch schnell meine ergebensten Grüße an die Dame in Kralingen.« Es war herrlichstes Sommerwetter, und ich lag sehr lange neben der Dame in Kralingen in einem Bett im ersten Stock, direkt vor den geöffneten Balkontüren. Vögel zwitscherten in den Bäumen. Ihr Mann war wieder einmal nach England gereist. Die Blumen von Väterchen Wilhelmus dufteten auf dem Nachttisch.

Mein eigener Vater legte eine große Geschäftigkeit an den Tag. Er erkundigte sich nach Zügen am Bahnhof Delftsche Poort, bürstete seinen alten Koffer ab und lieh sich für mich einen kleinen geflochtenen bei unserem Metzger. Abends lag die Karte des Rheinlands vor uns. Auf einmal behandelte er mich als erwachsenen Kompagnon in einer wichtigen Angelegenheit. Kein Wunder, hatte ich ihm doch achtzig Gulden als Unkostenbeitrag angeboten. Jetzt fragte er nicht mehr, womit ich diese ungeheure Summe verdient hätte. Er schob mir die schmalen Bände Ideen von Multatuli hin und Max Havelaar – ein Buch, das er bereits zweimal neu hatte binden lassen.

ES WAR NICHT SCHWER, das kleine Landhaus des Schriftstellers zu finden, denn unterwegs kam uns eine lärmende Gruppe junger Herren aus Antwerpen entgegen, die gerade mit Multatuli eine Zigarre hatten rauchen dürfen. »Diesen Stummel bewahre ich für den Rest meines Lebens auf«, sagte einer zu mir. In einem Wirtshaus trank mein Vater sich erst etwas Mut an, es war gegen zwölf, und »zur Essenszeit können wir

Dek nicht überfallen«, sagte er. Gegen drei, als ich sagte, wir sollten jetzt gehen, murmelte er, daß Dek im Augenblick sicherlich sein Mittagsschläfchen halte und wir ihn folglich unmöglich stören könnten. Um vier standen wir vor dem Gartentor, auf dem »Douwes Dekker« zu lesen war. Mein Vater war sehr nervös. Ein magerer Mann, nicht groß, grauer Schnurrbart, leicht gebeugt, stand in der Tür. Er trug einen dünnen sommerlichen Gehrock.

»Dek!« rief mein Vater schrill vom Gartentor aus.

Der Mann schaute zu uns herüber, erkannte meinen Vater aber nicht.

»De Leeuw aus Rotterdam!« rief mein Vater. Ein etwa zehnjähriger Junge kam aus dem Haus, trabte auf uns zu und öffnete das Gartentor. Wir standen vor Multatuli. Der Mann hatte starke Beschwerden, sein Atem pfiff, der Mund stand weit auf. Sprechen konnte er nicht, er brummte nur und ergriff die Hand meines Vaters.

»Dek, du kennst mich doch noch? De Leeuw aus Rotterdam!«

»Dek hat von Ihnen gesprochen«, sagte eine Dame, die jetzt aus dem Haus trat. Sie gab uns die Hand. Inzwischen hatte Multatuli seine Stimme wieder.

»Und das ist der fixe Knabe, der mir mit den Kragenknöpfen geholfen hat«, sagte er und legte mir eine Hand auf die Schulter.

»Jetzt könnte er dir wieder gut helfen, Dek«, sagte die Frau lachend und zeigte auf seinen kragenlosen Hals.

Später, in einem kühlen Zimmer, kam er in Schwung und erkundigte sich nach allen möglichen

Leuten in Rotterdam und erzählte von der Kälte, unter der er in den vielen Quartieren und Wirtshäusern in den siebziger Jahren und Anfang der achtziger Jahre gelitten habe, als er im ganzen Land seine Vorträge hielt und »Mies« fast täglich von seinen Erlebnissen und Begegnungen mit Freunden wie de Leeuw schrieb. Der Knabe, der Wouter hieß, stand neben seinem Stuhl, leicht ans Knie des Schriftstellers gelehnt. Multatuli streichelte Wouters Hand, sah mich an und sagte: »De Leeuw, ich hoffe und vertraue darauf, daß dein braver Sohn und unser kleiner Wouter in einer besseren Welt alt werden.«
Seine Augen durchbohrten mich. Ich spürte, wie ich feuerrot wurde. Warum? Konnte er etwa sehen, daß ich mit meinen Gedanken in erster Linie bei dieser Dame in Kralingen war?
Mein Vater sagte nicht viel, nur: »Ja, Dek, ja, Dek.« Er fuhr immer wieder nervös mit den Händen über die Armlehnen. Dann bekam Multatuli einen heftigen Hustenanfall, und seine Frau führte ihn aus dem Zimmer. Wir hörten, wie er sich oben im Haus durchdringend räusperte und röchelte. Wouter blieb neben Deks leerem Stuhl stehen und sah uns unverwandt an, minutenlang bewegte sich keiner von uns dreien. Dann kam Mimi zurück und sagte: »Dek läßt grüßen, er muß jetzt ruhen.«
Sie brachte uns zum Gartentor.
Wir gingen die Landstraße entlang. Mein Vater sprach nicht, er war tief bewegt. Abends im Zug sagte er nur: »Mit Dek ist es fast zu Ende.« Es klang resigniert und ein bißchen verzweifelt. Als ob sich

mit Deks Tod die Welt auch für ihn aufhören würde zu drehen.

♦

ES WAREN, WIE GESAGT, arbeitsreiche, aber schöne Tage. Saugbagger, ja, sogar Fokker-Flugzeuge durfte ich Bangladesch im Namen unseres Volkes schenken.

Der schwedische Diplomat im Zimmer neben mir hatte dasselbe zufriedene Gefühl. Händereibend kam er abends bei mir herein, um mir zu erzählen, wieviel Millionen Kondome und Pillen er an dem Tag diesem am dichtesten bevölkerten Land der Erde wieder gratis zur Verfügung gestellt hatte. Wir waren zutiefst überzeugt vom Nutzen unserer Anwesenheit in Bangladesch. Man vergaß all die täglichen kleinen Frustrationen, selbst die ewigen Currygerichte blieben genießbar, wenn man sich dabei vor Augen hielt, wie sich nur dank seiner, Ole aus Stockholm, noch am selben Abend Zehntausende bengalischer Männer summend die schwedischen Kondome überstreiften, und wie dank meiner Bagger der fürstliche Ganges samt Nebenarmen in Kürze wieder für die größten Schiffe befahrbar sein würde.

Ole und ich waren kurz nach der Unabhängigkeit mit demselben Flugzeug aus Bangkok in Dacca eingetroffen, mit dem Auftrag, eine Botschaft einzurichten und den Strom der Hilfsgüter in die richtigen Bahnen zu lenken. Gemeinsam betrachteten wir die Hunderte von zerlumpten Gestalten, die vom Dach und den Wänden des Flughafengebäudes aus schweigend auf unser Flugzeug und die aussteigenden Passagiere starrten. Und aus dem alten Toyota, mit dem der KLM-Agent vor Ort uns ins Hotel brachte, starrten wir unsererseits auf die halbnackte, wimmelnde Menschenmenge entlang der Straße. »Da liegen Leichen«, sagte der Schwede leise, »und da und da.« Der KLM-Agent, ein schwarzer junger Mann mit englischem Namen, sagte, diese Leute hätten Pech. Sie seien nach neun Uhr morgens gestorben und müßten jetzt bis zum nächsten Morgen warten, vorher kämen die Müllautos nicht mehr vorbei.

Die erste Nacht teilten wir uns ein Zimmer mit zwei Japanern. Wir hatten alle vier eine telegrafisch bestätigte Hotelreservierung, aber das war noch eine Routine aus der Vorkriegszeit, genauso wie die kunstvollen, aber zwecklosen Speisekarten im Restaurant. Und die leisen Geigenklänge, die aus den Wänden der Eingangshalle und der Flure drangen, waren natürlich genauso fehl am Platz.

Die Japaner waren von der Asiatischen Entwicklungsbank in Manila entsandt worden, um die Bedürfnisse von Bangladesch »auszuleuchten«. Dafür hatten sie zwei Wochen Zeit, aber das sei vielleicht nicht genug, sagte einer von ihnen. Er setzte sich in eine Ecke unseres Zimmers und begann seine Fußnägel zu schneiden. Der Schwede griff zum Telefonhörer und meldete ein Gespräch nach Stockholm an, wie in einem normalen Hotel. »Man kann nie wissen«, sagte er.

Am nächsten Tag bekamen wir alle ein eigenes

Zimmer, und auf dem Flur vor unseren Türen drängten sich Leute, die uns genauestens erzählen wollten, wie wir, die Vertreter reicher westlicher Länder, unsere Millionen am besten verwenden könnten. Endlich bekam ich einen Beamten vom Planungsbüro an die Strippe. Ich sagte, ich würde gern mit jemandem über die niederländische Hilfe sprechen. Ich nannte den Millionenbetrag, den unsere Regierung für Bangladesch zur Verfügung gestellt hatte. »Can you come over now and bring the money?« fragte er. Ich sagte, daß unser Hilfesystem nicht auf diese Weise funktioniere. »Oh«, sagte er, etwas enttäuscht, aber dann hieß er mich herzlich willkommen in Dacca. Seine Regierung werde alles tun, um mir das Leben so angenehm wie möglich zu machen. Er lachte fröhlich, als fände er sich selbst witzig.

AN DEN MEISTEN ABENDEN war Ole düster-betrunken, und auch ich hatte nicht viel Grund zum Jubeln, folglich arteten unsere Sessions mit der Flasche – in seiner oder meiner Hotelbotschaft – zu Szenen aus, die den von Selbstquälereien getränkten Erzählungen Strindbergs und Hamsuns alle Ehre gemacht hätten. Ole hatte *ein* Thema, das er zwischen gierigen Schlucken bis in die kleinsten Details beleuchtete: seine Abreise aus Stockholm. Das letzte, was ihm von seinem Abschied am Flughafen noch erinnerlich war, war der Umstand, daß seine Frau immer wieder einen verstohlenen Blick auf ihre Uhr warf. Startete dieses verdammte Flugzeug denn immer noch nicht? In der überfüllten Abflughalle gab es natürlich nichts mehr von Bedeutung zu sagen, und außerdem war noch ein älterer Kollege dabei. Väterliches Erbarmen strahlte von dessen Gesicht. Und diese Hand, die sich immer wieder, ganz kurz, auf die von Oles Frau legte, um die er sich gut kümmern würde. Das sagte er immer wieder, zu oft, zu nachdrücklich, wenn man es im nachhinein von Sekunde zu Sekunde rekonstruierte. Ole brauche sich keine Sorgen zu machen. Ole könne beruhigt nach Dacca reisen, Ole wisse ja, daß seine Frau bei ihm, dem älteren Kollegen mit einer Schwäche für Ole und dessen Frau (mit denen er '68 in Peking soviel Freud und Leid geteilt habe), in guten Händen sei. In guten Händen! Was meinte er mit einer derartigen Bemerkung? Hatte es wirklich so spöttisch geklungen, wie Ole jetzt jedesmal, wenn er daran zurückdachte, zu hören glaubte? Wurde er nicht sehenden Auges betrogen? Waren es nur Gespenstergeschichten, die er sich einbildete? Niemals würde er aus seiner Erinnerung löschen können, wie die beiden, der distinguierte Sechziger mit großen Meriten im diplomatischen Dienst und die hübsche, sehr hübsche achtunddreißigjährige Frau, dastanden und ihm nachwinkten – etwas in Eile, so schien es. All das beschrieb Ole mir haarklein, er beschrieb sogar, was seiner Meinung nach passiert sein mußte, als er im Flugzeug saß und die beiden in *seinem* Mercedes eiligst in *seine* Wohnung zurückgefahren waren, um dann … »Mein Gott«, unterbrach ich ihn an diesem Punkt, »das weißt du doch nicht, das ist doch nur Argwohn, Mißtrauen, wozu du nach deinen eigenen Worten doch noch nie Grund hattest!« Die langen Abende wurden auf diese Weise natürlich irgendwie rumgebracht. Vor allem, wenn ich selbst dann auch noch von meinem eigenen Abschied begann, daheim in Scheveningen, denn am Flughafen Schiphol wollte ich meine Frau und die Kinder nicht dabeihaben. Ein Freund holte mich ab und legte die Koffer ins Auto, während sie und ich uns im Wohnzimmer noch alles mögliche zuflüsterten und mein kleiner Sohn weinte und weinte. Die ganzen Tage, während der Vorbereitungen, hatte er gesagt, geh nur, ist mir doch egal, ist mir doch egal, und dann auf einmal fängt er an zu heulen und winkt nicht und will nicht verstehen, oder vielleicht hatte er auf einmal alles verstanden und glaubte nicht, was ich nervös rief: »Es dauert nicht lang, streng dich schön an in der Schule, ich komme ganz bald wieder, es ist gar nichts los, gar nichts los.« Und dann noch die erschreckten Augen meiner kleinen Tochter. Nichts hatte sie gesagt, gar nichts.

So führten Ole und ich unseren Privat-Strindberg in Zimmer 702 des Intercontinental auf – wechselweise schöne dramatische Monologe, gelegentlich unterbrochen von unserem jugoslawischen Kollegen, der sich eine Schreibmaschine ausleihen wollte, oder von unserem italienischen Artgenossen, der eigentlich zu alt war für Aufgaben wie Bangladesch, und hoffnungslos unsicher, in der Brusttasche ein Foto seiner Frau Claudia, einer grinsenden, dick angemalten, fetten Dame, von der Ole sagte, er habe sie in *Satyricon* von Fellini gesehen, woran er dann eine lange Erinnerung an eine Vorstellung in Stockholm knüpfte, zu der der ältere Kollege ihn und seine Frau eingeladen hatte, als er, Ole, noch nicht wußte, was sich vor seinen Augen abspielte.

♦

1940 WURDE MEIN VATER nach Bandung versetzt. Am Tag vor unserem Umzug, der Möbelwagen stand vor der Tür, feierte Tommie Vaulant seinen elften Geburtstag. Mit Papiermützen auf dem Kopf und einem Tuch vor den Augen schnitten wir die Päckchen von der Wäscheleine. Die ganze Klasse war da, und wir jagten die Mädchen durch den Garten. Tommies Vater organisierte das Ganze, und zwischen den einzelnen Spielen ließ er sich von den *djongos* große Gläser mit Bier einschenken. »Allons, enfants!« rief er nur, aber ich sah auch, wie er plötzlich Tommies Mutter hochhob, küßte und wieder absetzte, und dann noch mal und noch mal. »Allons, enfants!« rief er, und wir mußten ums Haus rennen, immer paarweise, und wer als erster zurück war, bekam einen Preis. So sah ich Tommies Opa noch einmal, hinten auf seiner Galerie im Schaukelstuhl. Ich blieb stehen und starrte ihn an und verlor dadurch das Wettrennen. »Ihr macht einen Heidenlärm«, sagte der alte Herr zu mir. Hing die nackte Tänzerin noch an seiner Wand, dachte ich. »Du bist der Lausebengel von nebenan, nicht wahr?« fragte er. Natürlich wußte er, daß ich in seinem Zimmer gewesen war und seine Fotos und den vollen Nachttopf gesehen hatte. »Ihr geht nach Bandung, habe ich gehört?« »Ja, Mijnheer.« »Na denn, gute Reise, alles Gute!« »Auf Wiedersehen, Mijnheer«, sagte ich und rannte weiter.

TOMMIE SCHRIEB MIR noch einen Brief, Ende '41 muß das gewesen sein, kurz nachdem der Krieg mit Japan angefangen hatte. Er berichtete von der gesamten Familie Vaulant. Sein Vater sei häufiger unterwegs als je zuvor, seine Mutter habe alle Hände voll zu tun mit zahlreichen Logiergästen von Plantagen im »Großen Osten«, die nach Java kämen, um ihre Angelegenheiten zu regeln. Sein Bruder absolviere seinen Militärdienst und sehe schneidig aus in seiner Uniform. Die Schwestern wickelten Verbandszeug fürs Rote Kreuz. Opa tauche immer häufiger im Haupthaus auf und mische sich in alles ein. Der alte Herr wettere gegen alles und jeden. »Die Japsen kommen, Asien den Asiaten!« rufe er den ganzen Tag, und daß wir Weißen allesamt zur Hölle fahren würden, und das sei unsere eigene Schuld, sage er immer wieder, und Tommies Mutter und die Gäste aus dem »Großen Osten« hätten manchmal wirklich Angst vor dem Alten.

ERST '48 IM GYMNASIUM in Den Haag sahen wir uns wieder. Der erste Schultag, Versammlung in der Aula. Die von außerhalb neu hinzugekommenen Schüler der höheren Klassen mußten bis zuletzt warten. Ich war schrecklich verlegen und hatte mich während der Ansprache des Direktors nicht umzusehen getraut. Die Aula war schon fast leer, als ich ihn entdeckte, Tommie Vaulant, der sich ebenso unglücklich umschaute wie ich selbst. Er bemerkte mich im selben Augenblick. Wir sahen uns grinsend an, wagten aber nicht gleich zu zeigen, daß wir Freunde waren. Der Direktor sprach recht barsch zu den neuen Schülern. Wir sollten, egal woher wir kämen, es als Ehre betrachten, in diese Schule aufgenommen worden zu sein, sagte er. Wenig später große Betrübnis und Enttäuschung, als sich herausstellte, daß wir nicht in dieselbe Klasse kamen. Keiner von uns beiden traute sich den Direktor zu bitten, uns zusammenzusetzen. Also kam er in die 2B und ich in die 2A. Wir hatten noch kein Wort gewechselt, aber nach diesem ersten, endlos dauernden Vormittag warteten wir aufeinander und schlugen uns gegenseitig leicht gerührt und verlegen auf die Schultern, redeten lange, über die Zeit im Lager und über unsere Familien. Wir waren alle mit heiler Haut davongekommen, nur sein Vater war in Japan gestorben, seine Mutter hatte gerade wieder geheiratet (zwar schnell, aber doch die beste Lösung, sagte er ernst), sein Bruder war als Kriegsfreiwilliger schon wieder in Niederländisch-Indien, eine Schwester in Australien, eine in Kanada. Und Opa Vaulant? Bereits im August '42 im Gefängnis gestorben. Zusammen mit seiner Mutter hatte Tommie Opas Zimmer ausgeräumt. Die Papiere und Bücher in zwei Kisten, desgleichen die Bilder, und jetzt hatte Tommie eine große Überraschung für mich. Wer war das nackte Fräulein auf dem Foto? Wer war diese Tänzerin

über Opas Bett? Du rätst es nie, Bo! Mata Hari! Und obwohl seine Mutter damals sehr bekümmert war, hatte sie doch leise gelächelt. »Dieser Paps«, hatte sie gemurmelt.
Und jetzt noch das Allerirrste. Ein ganzes Haus voller Sachen hatten sie in diesen letzten Wochen, bevor sie ins Lager mußten, zusammengeräumt und eingepackt und bei einheimischen Bekannten in Aufbewahrung gegeben. Bücher, Gemälde, Teppiche, Kleider, Porzellan und so weiter. Und was war im vorigen Jahr schließlich unversehrt aus »Indien« zurückgekommen? Dreimal darfst du raten, Bo! Nur Tommies Holländer und die beiden dämlichen Kisten von Opa!

AUF DER HOLLÄNDISCHEN Schule waren wir nicht mehr so unzertrennlich wie früher. Wir freundeten uns mit anderen an, wir mußten tüchtig lernen, um die verlorenen Lagerjahre nachzuholen, und wir wohnten in ganz verschiedenen Vierteln von Den Haag. Erst in der fünften Klasse saßen wir wieder nebeneinander. Tommie war beliebt, konnte mit »indischem« Akzent wunderbar Witze erzählen, wurde zum Vorsitzenden des Schülervereins gewählt. Mich boxte er als Beisitzer durch. Dieser Posten bedeutete in erster Linie, mit einem Lieferrad Requisiten für die Theaterabende herbeizuschaffen, die er an jedem dritten Samstag im Monat veranstaltete. Dabei trat er selbst auf als Vorsitzender, Regisseur und Hauptdarsteller. Wie viele Briefe habe ich überreicht? Wie viele Polizisten, Ärzte, verschollene Onkel aus

Amerika und andere Dei ex machina habe ich gespielt?
Im Laufe der fünften und sechsten Klasse sammelte er eine Schar von Getreuen um sich, die zu allem bereit und immer für Tommies neueste Pläne zu haben waren (Tanzparties, Radtouren, Kinobesuche). Die Diva des Ensembles war Madeleen Dorhuis, natürlich der Star der Klasse, und das nicht nur äußerlich. Auch Platon-Übersetzungen schüttelte sie wie beiläufig aus dem Ärmel, und nach dem Abitur nahm selbstverständlich sie die prächtigen Bildbände entgegen, die die Deutsche und die Französische Botschaft in Den Haag als Belohnung für die beste Übersetzung gestiftet hatten. Da fast jedes für Laien geschriebene Bühnenstück (eine Kunst für sich) mit einer innigen Umarmung zwischen dem jugendlichen Liebhaber und dem weiblichen Star endet, verfolgte die volle Aula einmal im Monat atemlos die Umarmung von Tommie und Madeleen, die mit der Zeit immer echter aussah, und es war jedem klar, daß sie diesen Teil des Stücks am häufigsten geprobt hatten. Der Applaus und die Pfiffe aus dem Saal wurden mit jeder Vorstellung lauter.
Die weitere Prominenz aus diesen letzten Jahren auf dem Gymnasium: Erik van der Ham, geschickter Zeichner und Boogie-Pianist. Ina van Dam, von uns Ina Damman genannt, lieb, still; sie schrieb jeden Monat eine verträumte Geschichte für die Schulzeitung, und der ältere Junggeselle, den wir in Latein hatten, lief hinter ihr her, daß es schon peinlich war. Joop van Hoorn, Star im niederländi-

schen Rollhockeyteam, der seine Freundinnen vom Mädchenlyzeum im Statenkwartier bezog. Gerard van Bemmelen, mit einer Nickelbrille auf der Nase, der ganze Schulstunden lang mit dem Geschichtslehrer über den Schulstreit, Abraham Kuyper und Groen van Prinsterer diskutierte. Félice Buurmans, die einmal auf mich zukam und mit umflorter Stimme sagte: »Weißt du, daß du Daniel Gelin in ›Une histoire d'amour‹ täuschend ähnlich siehst?« Carel Bootsma, der weichlich wirkte (vor allem wenn er Roland Holst vortrug), jedoch nicht sehr viel später in Korea postum einen Orden bekam. Und natürlich die mollige, mütterliche Emmie van der Sloot. Als wir in die sechste Klasse kamen, war sie bereits offiziell mit einem Unteroffizier von der Luftwaffe verlobt. Ihr Vater betrieb ein Automatenrestaurant mit Kroketten und Salaten in der Javastraat, so daß wir nach den Feten in der Schule nie Hunger zu leiden brauchten. In geschlossener Formation radelten wir dorthin, im Schlepptau von Tommie und Madeleen.

♦

WENN OLES TRÜBSINN den tiefsten Punkt erreicht hatte, schaltete er sein Tonbandgerät ein und spielte Kurt Weill. Er besaß nur eine Komposition von ihm, »September Song«, die jedoch in bestimmt zehn verschiedenen Versionen. Gesungen von Lotte Lenya im Jahr 1942, gespielt von einem Klavier, nur von Geigen, auf einer Klarinette mit einem Orchester im Hintergrund, noch einmal von Lotte Lenya, nun aber aus dem Jahr 1962, von anderen Sängerinnen, auf Englisch, Französisch und Schwedisch. Der »September Song« inspirierte ihn zu den unterschiedlichsten Bekenntnissen. Wie er jahrelang bei der Moralischen Aufrüstung gewesen war; wie er seinen Vater nach dessen Selbstmord mit einem Rasiermesser gefunden hatte; wie er während eines Sommerkurses in Paris ein Mädchen aus Boston geschwängert hatte und nicht wußte, wie sie das Problem gelöst hatte. Viel Interessantes hatte ich dem nicht entgegenzusetzen, so gern ich das auch getan hätte und soviel Recht Ole darauf hatte. Sollte ich denn wirklich mit dem Verrat an S. herausrücken oder mit der unvorstellbaren Feigheit, deren Opfer B. '64 wurde? Was ging das diesen besoffenen Schweden an? Lange Pausen, in denen er darauf wartete, daß ich mich revanchierte. Im Zimmer nebenan versuchte unser italienischer Kollege (jeden Abend) seine Frau in Rom anzurufen, aber er kam nie weiter als bis zum Hoteltelefonisten. Seine Tobsuchtsanfälle drangen durch die Wände. »Your turn«, sagte Ole noch einmal düster. Dann dachte ich mir eben wieder was aus und beschloß, das sei das letzte Mal, aber am nächsten Abend stand er, Flasche untem Arm, wieder vor meiner Tür. »I must tell you something«, sagte er dann.

Einmal wurde ich von seinen Vertraulichkeiten erlöst, als es an meiner Tür klopfte und ein Uniformierter mich mit militärischem Gruß fragte, ob ich der Vertreter der Niederlande sei. Falls ja, so lade Scheich Mujib-ur-Rahman, der Erlöser des bengalischen Volkes, mich zum Tee ein. Eine große Ehre, sagte ich. Wann? Jetzt sofort, es sei erst elf, der Jeep stehe vor dem Hotel. »Richte ihm die Grüße des schwedischen Volkes aus«, murmelte Ole über sein Glas hinweg. Der Jeep brachte mich zum Büro des Premierministers, zwei Straßen weiter. Wie üblich standen auch jetzt Menschentrauben vor dem Gitterzaun. »Sie kommen von überall her«, sagte der Adjutant, »manchmal fahren sie drei Tage den Fluß hinunter, um Bangabandu, unserem Führer, ihre Probleme vorzutragen und ihm ihre Ergebenheit zu bekunden. Und er hört sich jede Klage an, Tag und Nacht, er schont sich nicht, unser Führer.« Demnach hatte er wohl Besseres zu tun, als mit mir Tee zu trinken, dachte ich, als ich ins Vorzimmer schaute, wo Sekretäre an mit Papieren und Dokumenten überladenen Schreibtischen saßen. Ein Protokollbeamter führte mich hinein. Dort saß Bangabandu unter dem Porträt seines großen Vorbilds Surawaddi, genannt der Tiger von Bengalen, dessen Lebenswerk er, Mujib-ur-Rahman, mit der Gründung von Bangladesch vollendet hatte. Ein Fotograf hielt unseren festen Händedruck fest, und wir setzten uns nebeneinander auf ein Sofa. Sein schnurrbärtiges Gesicht, seit etwa zwei Jahren weltweit bekannt, war in natura noch beeindruckender als auf den Fotos, und als er einladend auf die Schale mit Keksen wies, sah ich in seinen Augen die gleiche Entschlossenheit, die man auf allen Bildern großer Persönlichkeiten mit historischer Berufung beobachten kann. Seine schwarze Weste mit den langen weißen Ärmeln war schon fast ebenso berühmt wie die Uniformjacke von Mao Tse-tung und die Mütze von Fidel Castro. Ich war beeindruckt, die Worte, die ich unterwegs einstudiert hatte, fielen mir nicht mehr ein, und ich überbrachte ihm nicht einmal die Grüße des niederländischen Volkes, geschweige denn die des schwedischen. Er fragte, ob ich bereits etwas vom Land gesehen hätte. Nur Chittagong. »Der Golf von Bengalen«, rief er, »mein goldener Golf von Bengalen!« Das genau sei das Gebiet, über das er mit mir sprechen wolle. Er habe einen Traum gehabt. (Ich erinnerte mich an die zynische Bemerkung eines westlichen Botschafters, der vor nicht allzu langer Zeit gesagt hatte, man müsse verdammt aufpassen, wenn der Scheich von seinen Träumen beginne, denn seine Träume kosteten *uns* sehr viel Geld.) Er habe geträumt, daß im goldenen Golf Kilometer um Kilometer fruchtbares Land aus dem Meer gewonnen werde. Daß das Land im Gangesdelta für alle Zeiten von den katastrophalen Überschwemmungen befreit werde. Daß sein goldenes Volk für alle Zeiten hinter hohen Deichen geschützt wäre. Deiche, Delta, Landgewinnung aus dem Meer: die Niederlande! Es sei ein Traum mit einer logischen Konsequenz. *Ein* Land auf der Erde könne ihm bei der Verwirklichung seiner Vision helfen: die Niederlande! Lägen die Häuser dort nicht weit unter dem Meeresspiegel und trotzdem geschützt? Er habe davon gelesen und Bilder von Schiffen gesehen, die hoch über den Dächern von Bauernhöfen durch Kanäle führen. Und er wisse auch, daß es einen kilometer-

langen Deich gebe, der ein ganzes Meer abschließe. »Die Zuiderzee«, sagte er. Er bitte mich daher freundlich, aber dringend, meiner Regierung sein Anliegen zu übermitteln, möglichst bald die Arbeiten im Gangesdelta in Angriff zu nehmen und Ingenieure zu schicken, die aus seinem goldenen Golf eine zweite Zuiderzee machen könnten.
Heftiges Kopfnicken der beiden anwesenden Sekretäre. »For your country this job is very easy! Bangabandu is right!« sagte einer von ihnen. Sie begannen, auf bengalisch begeistert auf ihren Führer einzureden. Scheich Mujib lehnte sich ermüdet zurück und schloß die Augen. Ich nahm noch einen Keks. Natürlich mußte ich ihn noch fragen, wie er die politische Zukunft seines Landes sehe, wie er das Los der Bihari in den schrecklichen Lagern außerhalb von Dacca zu lindern hoffe, wieviel Millionen er von der Weltbank erwarte, aber dazu kam es nicht. Er öffnete noch einmal kurz die Augen und starrte mich an. Ich sah ihn denken: Wer ist dieser Kerl gleich noch mal? »Thank you«, sagte er leise und reichte mir die Hand. Wieder blitzte die Kamera. Ein Sekretär begleitete mich hinaus. Ein einsamer Soldat präsentierte das Gewehr, als ich die Treppe hinunter zum Jeep ging. Aha, dachte ich, mal eben das Gangesdelta trockenlegen. Der Lely von Bengalen. Ein Journalist in kurzer Hose, Notizbuch in der Hand, haute mich an und fragte, was »his Excellency« mit Bangabandu alles erörtert habe. Zum Glück ging mir die übliche Floskel glatt von den Lippen. »Matters of mutual interest.«

OLE VIKING lag schnarchend auf meinem Sofa, ein leeres Glas neben sich auf dem Fußboden. Ich begann, an der Frisierkommode meinen Bericht an Den Haag zu schreiben. Ein schwieriges Unterfangen. Von einem Traum, mag er auch noch so schön sein, bleibt auf einer Schreibmaschine nur wenig übrig. »Lydia«, rief Ole plötzlich im Schlaf. »Lydia!« Auch er träumte, ganz offensichtlich.

♦

NACH DEM ABITUR bekam Tommie Vaulant ein Stipendium für Amerika. Wir feierten ein großes Abschiedsfest bei ihm zu Hause. Er war völlig überdreht, sprach nur noch amerikanisch. »No kidding«, rief er ständig, und er hatte sich auch alle möglichen Sprüche aus den Büchern von Peter Cheyney und Micky Spillane angeeignet. »Shut up, doll, I have to do some heavy thinking«, hörte ich ihn zu Madeleen sagen. Wir spielten Platten von den Dixieland Pipers, Eigentum von Erik van der Ham, der behauptete, ein Freund des Pianisten dieser Band zu sein. Félice Buurmans küßte mich in einem dunklen Wandschrank. »Adieu, Daniel«, flüsterte sie, »hier trennen sich unsere Wege.« Ich stolperte über einen Staubsaugerschlauch. Es war ein wehmütiger Abschiedsabend, trotz Tommies forschem Yankee-Getue. Félice wollte in der Schweiz Französisch lernen, Carel Bootsma ging in der Woche drauf zur Panzertruppe, Gerard van Bemmelen rüstete sich für sein Theologiestudium

in Kampen, Ina Damman wurde Krankenschwester. Wir spürten alle, daß dieser Juliabend 1952 eine Art Abschied war. Nie mehr würden wir so sorglos und unschuldig beisammensitzen. Die einzige, der das Ganze wirklich stank und die die rührselige Atmosphäre mit schnippischen Bemerkungen störte, war Madeleen. Unser Neu-Amerikaner schenkte ihr nicht genügend Aufmerksamkeit. So saß und stand sie eben herum, tanzte mit sich selbst zwischen den Paaren im Gartenzimmer, fragte immer wieder quengelnd nach einer Cola mit Schuß und ging als erste. »Now wait a minute, lady«, sagte Tommie, aber sie wartete nicht auf ihn, und er gedachte nicht, sie nach Hause zu bringen, das war mir klar. Ich ging mit ihr hinaus. Sie suchte ihren Fahrradschlüssel. »Was ist Tommie doch manchmal für ein Mistkerl«, sagte sie. »Soll ich dich nach Hause bringen?« »Ja, gern, Bo«, sagte sie. Auch sie nannte mich Bo. »Oh, dieser Mistkerl«, sagte sie alle hundert Meter in den stillen Straßen des Archipelbuurt. Es war drei Uhr nachts. Ich fragte, was sie in diesen Sommerferien und danach vorhabe. »Was weiß ich«, sagte sie, »vielleicht mach ich nix, gar nix mehr.« »Eine Schande, bei *deinen* Noten ...« »Ach«, sagte sie, »ich will nur – ja, was will ich eigentlich ... ?«
Sie winkte mir noch einmal von der Haustür aus, ach, als Winken konnte man es nicht bezeichnen, es war eine Geste, als wolle sie etwas von sich werfen. Später begann sie in Amsterdam klassische Sprachen zu studieren, heiratete jedoch – der Ehemaligenzeitung unseres Gymnasiums zufolge –

schon bald einen Professor für Flugzeugbau in Delft.
Ich hatte eigentlich auch vor, bis zum September (Beginn des Jurastudiums) nichts zu tun, aber dazu gab mir mein Vater keine Chance. Sein bester Freund aus dem Japsenlager war Parlamentsredakteur einer großen Zeitung, und in deren Den Haager Redaktion in der Bahnhofstraße wurde ein Lehrling zur Unterstützung der beiden Stadtreporter gebraucht, und wenn er auch nicht wußte, ob sie mich überhaupt bezahlen konnten, so wäre meine Belohnung, falls ich meine Sache gut machte, auf jeden Fall eines Tages einen von mir verfaßten Bericht in der Zeitung zu sehen. Ich hatte mir tatsächlich gelegentlich entschlüpfen lassen, Journalist scheine mir ein schöner Beruf, aber dann hatte ich Ernie Pyle vor Augen oder auch Alfred van Sprang, der inmitten unserer Jungs in Niederländisch-Indien ausgeräucherte Kanakennester so unterhaltsam im Radio beschreiben konnte, jedenfalls nicht die Position eines Stadtreporterlehrlings in Den Haag, obwohl man in dieser Branche keinen Mangel an Snacks und Drinks litt. Jeden Nachmittag griffen die beiden echten Journalisten und ich in den Stapel der eingegangenen Einladungen zu lokalen Festivitäten. Irgendein Jubiläum feiernde Metzger und Bäcker waren bei uns besonders beliebt, denn da gibt's immer gut zu fressen, sagte der ältere der beiden rasenden Reporter, und die Leute waren schon mit drei Zeilen auf Seite sieben zufrieden. Das kriegt ja sogar er noch hin, fügte er mit einem Nicken in meine Richtung hinzu. Also mit ernster

Miene um fünf Uhr nachmittags in ein Restaurant gestiefelt, nach dem Empfang von Bäcker Soundso gefragt, gewichtig die genauen Initialen des Jubilars, Sohn, Vater, Gründungsjahr notiert und anschließend die leckersten Törtchen reingestopft. Ein Kinderspiel, die Stadtberichterstattung. Allerdings irritierte es mich mit der Zeit doch, daß die beiden erfahrenen Reporter es auch nach vier Wochen noch für nötig befanden, in meinem »Manuskript« herumzustreichen, bevor die paar kümmerlichen Zeilen von der Sekretärin per Fernschreiber nach Rotterdam durchgegeben wurden. Und dann trat in der Setzerei offenbar auch noch die Zensur in Aktion, denn oft genug fand ich meinen »jubilierenden« Bäcker, Metzger, Autovermieter, Lebensmittelhändler am nächsten Tag mitnichten in den Spalten der Rubrik »Aus der Residenz«. Den wichtigen parlamentarischen Redakteur sahen wir nie im Büro. Er saß immer in einer Bodega an der Ecke des Platzes, an einem Fenstertisch, meist umgeben von bekannten Parlamentarierköpfen. Dorthin durfte ich ihm am letzten Tag meiner journalistischen Laufbahn einen Umschlag bringen. Er fragte natürlich nicht, ob ich mich dazusetzen wolle, sondern sagte zu dem Politiker Bruins Slot, der in seinem Kaffee rührte und nicht einmal aufsah: »Da hast du die neue Generation, die schon jetzt glaubt, sie kann alles besser.« Das bezog sich auf einen Bericht, den ich vor zwei Tagen, ohne auf die »Kollegen« zu warten, in Abwesenheit der Sekretärin selbst in den Fernschreiber geknallt hatte: mein erster richtiger Bericht. Ein Bekannter von uns hatte beim Geburtstag meiner Mutter erzählt, er habe sich eine Art Gymnastik für Beamte ausgedacht, die darauf hinauslaufe, daß diese zwischen dem Hin- und Herschieben von Akten (wie er ihre Tätigkeit witzigerweise umschrieb) zu bestimmten Zeiten neben ihrem Schreibtisch zwanzig Kniebeugen machten und dazu noch ein paar verdammt anstrengende Rückenübungen, paarweise, was seiner Ansicht nach das Zusammengehörigkeitsgefühl in den ministeriellen Amtsstuben überaus fördern würde. Er hatte nur nicht dazu erzählt (und ich hatte auch nicht danach gefragt), in welchen Ministerien diese Therapie gegen krumme Beamtenrücken bereits eingeführt worden war. Mit einer schönen Schlagzeile (»Beamte spielen Bockspringen in Den Haager Ministerien«) gab ich den Bericht nach Rotterdam durch, auch dort waren offenbar zufällig keine Experten anwesend, so daß er in ganzer Pracht auf Seite drei landete. Ich wurde ungnädig zurechtgestutzt wegen »des Schwachsinns«, den ich da »verzapft« hätte, durfte nicht mehr auf den mir zugewiesenen Empfang zum fünfzigjährigen Bestehen des Zweiradreparaturbetriebs »De Techniek« und schmiß daraufhin den Kram hin. Den Rest des Sommers trieb ich mich in Scheveningen herum, zusammen mit Joop van Hoorn, dem einzigen Klassenkameraden, der noch nicht spurlos aus Den Haag verschwunden war. Plötzlich sah ich ihn über den Gevers Deynootplein gehen, ohne Mädchen, was etwas ganz Besonderes war. Ich fragte ihn, ob er krank sei. Nein, aber er habe gerade eine scheußliche Erfahrung hinter sich. Kurz zuvor habe er sich in ein wirklich bildhübsches Mädchen verliebt, das Sekretärin bei der NATO in Paris sei. Er habe sie nicht weit von hier kennengelernt, in diesem Nachtclub mit Zigeunermusik. Zweimal getanzt, total hingerissen. Am nächsten Tag stand er an der angegebenen Adresse, aber ihre Mutter sagte, sie sei an diesem Morgen bereits wieder nach Paris gefahren. »Also: auf nach Paris!« rief Joop dramatisch über den Gevers Deynootplein. Aber er hatte keinen roten Heller mehr. Wie kommt man dann auf die Schnelle nach Paris? »Liebe macht erfinderisch«, sagte er ernst. Mehrmals die Woche, hatte Joop gehört, führen von einem Platz in Rotterdam bei Tagesanbruch Fleischtransporter nach Paris. Für zwei Zehner ließen die Fahrer der Kühlwagen einen mitfahren. Natürlich nahmen sie immer mehr zahlende Passagiere an, als es Plätze im Führerhaus gab. Joop van Hoorn und drei weitere Parisreisende mußten abwechselnd eine Etappe im kalten, blutigen Innern des Wagens sitzen, zwischen schaukelnden Rinderflanken. Das Mädchen bekam einen Mordsschrecken, als sie die Tür ihrer Wohnung öffnete. Getrocknetes Rinderblut klebte in Placken auf Joops Regenmantel und in seinem Haar. Er sah aus, als sei er in letzter Sekunde einer entsetzlichen Katastrophe entronnen. Es war die Zeit des Kalten Kriegs, und sie arbeitete bei der NATO, folglich hatte er passenderweise im Scherz gerufen: »Die Russen stehen auf den Champs Elysées!« Damit hatte er sich freilich die Sache vermasselt. Als sie den ersten Schrecken überwunden hatte, beschimpfte sie ihn durch den Türspalt als »gräßlichen Rotzbengel« und so weiter

und so fort. Tief beleidigt und gar nicht mehr verliebt war er wieder in einem Fleischtransporter nach Hause gekommen, diesmal nicht blutbefleckt, denn die Wagen wurden in Paris picobello gesäubert.
Bevor wir uns verabschiedeten, fragte Joop: »Was von Yankee-Tommie gehört? So ein Glückspilz, 'n Stipendium für Amerika. Er wieder!« In der Tat hatte ich eine Karte von Tommie bekommen, die er kurz nach seiner Ankunft geschrieben hatte. Alles war fantastic, marvellous, glorious, exciting, wonderful. Er war noch keinen Monat in den Staaten, und schon kriegte er kein Wort Holländisch mehr hin.

HERBST 1955: Plötzlich stand er vor meiner Tür an der Hooigracht in Leiden, unser Amerikaner. Trotz seiner schrillen Kleidung und einem gelegentlichen Amerikanismus in seiner Sprache war er doch nicht mehr der Angeber von früher. Ernst sprach er von seinen Plänen: Amerikaner werden, sich nach dem Studium bei einer internationalen Organisation bewerben, Sonnie heiraten, die er auf Farbfotos bei sich trug. Sonnie zu Pferd, Sonnie auf einem Segelboot, Sonnie in der Sonne liegend.
Beim Auskramen von Erinnerungen (Opa de Leeuw und Mata Hari, Schulzeit in Malang und Den Haag) kam Madeleen nur flüchtig, zu flüchtig zur Sprache. Aber das ging mir erst auf, als er schon wieder fort war.

♦

ENDLICH hatte ich ein Büro! Ein Haus in dem Viertel Daccas, in dem vor dem Krieg vor allem reiche Pakistani gewohnt hatten. Ungeduld überkam mich, ich wollte das Hotel so schnell wie möglich verlassen. Ich kaufte in der Stadt ein großes quadratisches Bett mit Moskitonetz, das von Kulis auf einem Handkarren angeliefert wurde. Außerdem Tisch und Stühle aus Rattan. Telegramm ans Auswärtige Amt, daß jetzt umgehend mit der Einrichtung der Kanzlei Ihrer Majestät in Dacca begonnen werden könne. Natürlich ist so etwas nicht von jetzt auf gleich zu bewerkstelligen, und außerdem dauerte der Seetransport nach Bangladesch vier Wochen, aber in irgendeinem Den Haager Büro hatte jemand doch eine wunderbare – da billige – Lösung für mein Problem gefunden. Kurz zuvor war die Botschaft in Colombo geschlossen worden, und die Reste des Inventars wurden mir großzügigerweise umgehend zugesagt. Sie trafen erstaunlich schnell in Chittagong ein: abgewetzte Teppiche, sieben Porträts der Königin Wilhelmina und ein Sofa mit drei Beinen, viele kaputte Stühle und eine einen halben Meter hohe Schreibmaschine von vor Christus. Eine Büroausstattung, die zwar verschleißt, aber nie so weit, daß sie ganz ausrangiert werden kann. Mein Diener Abdul (den ich auf gut Glück aus den Dutzenden arbeitsuchender, mit abgegriffenen Referenzen aus der Vorkriegszeit fuchtelnder Bengalen in der Hotelhalle herausgepickt hatte) und ich freuten uns wie die Kinder über diesen Plunder. Wir richteten die Räume der Kanzlei geschäftig herumkramend ein, wobei wir uns wie ein frischverheiratetes Paar über den richtigen Platz für diesen verrosteten Archivschrank oder jenes von den weißen Ameisen Sri Lankas halb aufgefressene Bücherregal stritten. Am ersten Abend saß ich auf meinem Drehstuhl, der sich nicht mehr drehte, an meinem eisernen Schreibtisch, der vielen, sehr vielen Beamten gedient haben mußte, und kam mir wie ein *radj* aus der Zeit vor der »Great Mutiny« vor. Abdul trat ein und fragte: »Shall I serve you whisky soda here in the office, Sir?« Ja, Abdul, old boy, in the office please, hätte ich jubeln mögen. Höhepunkt im Leben eines Beamten – aber tja, es blieb fast zwei Jahre so, alle Mahlzeiten an diesem verrosteten Schreibtisch, neben der prähistorischen Schreibmaschine, die schon längst in ein Museum gehört hätte, aber immer noch funktionierte.

Zusätzlich zu Abdul stellte ich noch einen Jungen namens Ahmed ein, der, einen Holzknüppel schwingend, als Kanzleibote und Nachtwächter fungierte. Zweimal die Woche ging er in die Stadt, um den Briefkasten der Botschaft der Niederlande zu leeren. In den ersten Wochen war natürlich nie etwas drin. Eines Tages aber brachte Ahmed ein Paket mit, das bereits an vier andere Adressen in Dacca zugestellt worden war, und nicht nur das, sondern von einem sehbehinderten Postbeamten in Den Haag sogar erst an unsere Vertretung in Dakar, Afrika, geschickt worden war. Mein Posten war so neu, daß er in vielen alphabetischen Listen von Ministerien und Postämtern noch nicht zu finden war. Die Sendung kam aus New York, von Sonja Vaulant. 1965 hatten wir sie kurz kennengelernt, als wir Tommie im UNO-Gebäude besuchten (wir waren auf der Durchreise zu einem neuen Posten, Ottawa); er ließ Sonnie aus Larchmont nach Manhattan kommen, wo wir in einem französischen Restaurant in der Lexington Avenue aßen. Er kannte dort jeden, so daß ein Gespräch zwischen alten Freunden nicht zustande kam. Er redete mehr mit anderen Leuten an anderen Tischen als mit uns und ging sogar lange telefonieren, wie es schien, ohne einen bestimmten dringenden Grund. Wir unterhielten uns mühsam mit der unbekannten Sonnie, einem rothaarigen Mädchen. Wenn sie Zeit habe, arbeite sie als Fotomodell, aber mit zwei Kindern komme sie nicht mehr oft dazu. Beide begleiteten uns ein Stück die Lexington Avenue hinunter zu unserem Hotel. Als sie in ein Taxi stiegen, rief Tommie aus dem Fenster: »Was ich dir noch sagen wollte, dein letzter Erzählungsband ist dir verdammt gut gelungen!« Winken und weg.

Der Brief von Sonnie Vaulant war ziemlich kurz: »Erst jetzt, Monate nach Tommies tragischem Tod in Bangladesch, habe ich endlich den Mut aufgebracht, seine Papiere zu sortieren. Bei diesem Paket mit der Aufschrift ›old papers‹ fand ich einen Vermerk, daß es dir zugesandt werden sollte, falls ihm etwas zustieß. Aus was für einer Eingebung oder Vorahnung heraus schreibt jemand so etwas? Das ist für mich ein Rätsel, vor allem, weil dieser Vermerk aus der Woche stammt, bevor er mit dem GS nach Asien reiste. Kind regards, Sonnie Vaulant.«

IN MEINEM BÜRO (die alte Klima-Anlage aus Colombo brüllte wie ein in ewigem Steigflug begriffenes Flugzeug) öffnete ich das Paket und fand zwei altmodische Kassenbücher mit hartem Einband. Auf den Etiketten: »Buchhandlung Tak Tong Hie, Surabaja«. Auf dem Vorsatzblatt in hellbraun verfärbter, aber noch klarer steiler Schrift: »Diverse Erinnerungen von Joh. de Leeuw Hzn.« Eine alte Landkarte, in vier Teile zerfallen, von Niederländisch-Indien. Ein Bündel Fotos, zusammengehalten von einem Gummiband, das zwischen meinen Fingern zerbröselte. Die Bilder aus Opas Zimmer in Malang? Männer, Frauen aus dem vorigen Jahrhundert, hölzern postiert zwischen Zimmerpflanzen. Darunter verschnörkelte Namen von Fotoateliers.

Da war das braune Bild von Mata Hari! Sie saß auf einem Perserteppich, in ziemlich anstrengender Haltung den nackten Hintern schräg der Linse zugewandt. Die Brüste mit runden silbernen Deckelchen bedeckt. Das bekannte geheimnisvolle Traumlächeln. In den Ecken vier Reißzweckenlöcher. Auf der Rückseite, in der gleichen Opa-de-Leeuw-Krakelschrift: »Siehe Band 1, Seite 24 ff.!« Ich suchte einen Brief von Tommie, in dem er mir, wie man doch wohl erwarten konnte, die alten Papiere von Opa de Leeuw vermachte, aber nichts, nur mein Name auf dem Umschlag mit den Fotos. Abduls Kopf in der Tür. »Whisky is served on the terrace, Sir.« Inzwischen war es kühler draußen, es war schon sechs Uhr. Abdul hatte mir meinen besten Rattanstuhl auf den überdachten Balkon gestellt, daneben

einen ausrangierten Schreibmaschinentisch, auf dem Whisky und Eis standen, und die einzige noch brauchbare Schreibtischlampe aus Colombo, auch sie verrostet, keine frivole Schummerlampe, aber doch genug Licht spendend, um die blassen Buchstaben von Opa de Leeuw entziffern zu können. Und dann auf einmal, beim Blättern, noch eine Überraschung. Im zweiten Kassenbuch, das dem Etikett zufolge 1937 begann, auf Seite 46 plötzlich Tommies Handschrift! Zwischen Opas letzten Worten und seinen ersten hatte er nur eine Zeile frei gelassen. »... kennst du das auch: um drei, vier Uhr nachts wach zu werden und alle Sorgen, die eigenen wie die anderer, auf deiner Brust lasten zu fühlen. Oder nein, bei mir sitzt es tiefer: im Magen. Ein nagendes Gefühl, was ist es, Unbehagen über den heutigen Zustand oder Angst, wie es mit uns enden wird. Die kleinsten Sorgen aufgebauscht zu Weltkatastrophen. Es wird wohl das Alter sein. Bougainville ist die größte der Salomoninseln im Pazifik. Die anderen heißen: Choiseul, Santa Isabel, San Cristobal, Guadalcanal, aber nachts um drei, vier Uhr suche ich Zuflucht in Bougainville. Nach einigem Üben habe ich es inzwischen geschafft, in vierzig Minuten dazusein. Ich bleibe im Sand liegen, bis es Morgen wird.«
Das ganze zweite, mindestens fünfunddreißig Jahre alte Kassenbuch seines Opas hatte er mit Aufzeichnungen gefüllt, als wäre, seit Johan de Leeuw die Buchhandlung Tak Tong Hie in Surabaja betrat, auf der ganzen Welt kein Papier mehr hergestellt worden. Tommie schrieb nicht so ordentlich wie sein

Großvater, es schien, als sei er stets in großer Eile gewesen. Hie und da Kapitelüberschriften. »Beschreibung einer Konferenz in Wien«, »Beschreibung eines silbernen Jubiläums«. Letzteres nahm ich mir als erstes vor. Es entpuppte sich als reine Pornographie, und nicht einmal schlecht geschrieben. Ab und zu mußte ich kichern, obwohl das sicherlich nicht Tommies Absicht gewesen war – der ganze Bericht war todernst abgefaßt. Was würde Sonnie in New York wohl sagen, wenn ich ihr das berichtete? Tommie, mein ertrunkener Freund, hatte sich auf eine verbissene Manier seine intimsten Intimitäten auf diesem alten Karopapier von der Seele geschrieben, wobei er sich hinter dem Rücken seines Großvaters versteckte. Und warum war dies für mich bestimmt? Und warum auch an jenem Abend vor seinem Tod kein Wort, nicht ein Wort über die sogenannten »old papers«, die er mir eine Woche zuvor vermacht hatte?

Auf diese Frage würde es wohl nie eine Antwort geben. Abdul füllte lautlos herbeischlurfend stets zur rechten Zeit mein Glas nach. Im Garten der Kanzlei lief Ahmed keck nachtwächterspielend herum, indem er seinen Holzknüppel schwang und alle halbe Stunde kurz in die Pfadfinderpfeife blies, die ich ihm gegeben hatte.

♦

Marriott Hotel, Leidsekade, Amsterdam

Ich war als erster da. Sie rief eine halbe Stunde später aus dem Foyer an. Sie trat aus dem Lift. Ich stand in der Tür von Zimmer 401. Sie trug einen beigen Regenmantel, darunter schwarze Stiefel. Haarfarbe: kastanienbraun. Wie früher, genau wie früher, twenty-five years ago. Locken. Das gleiche leicht überhebliche Lächeln, genau wie früher. Sie kam auf mich zu. Kein Sturm, kein Donner, kein Blitz. Ich zog ihr vorsichtig den Mantel aus. Wir standen vor dem Fenster. Autos auf der Straße. Kein Wort. Ein langer Augenblick der Verlegenheit. Zum Glück beide beherrscht genug, um nicht in Small talk zu verfallen. Einander gegenübersitzen, vor dem Fenster. Zigaretten. Einander unverwandt ansehen. Der gleiche Mund, jetzt sah ich es erst richtig. Auch damals war es für mich dieser Mund, twenty-five years ago, und noch immer, noch immer! Alles konnte sie damit ausdrücken. Verwunderung, Geringschätzung, Wut, Unzufriedenheit, Verliebtheit, Happyness. Zwei Zigaretten jeder. Entschlossen stand sie auf. Eines müsse zuvor passieren, sagte sie. »Ja«, sagte ich. »Und ohne Eile«, sagte sie. »Ohne Eile«, sagte ich. »Wir sind beide erfahren«, sagte sie (kurzes Lächeln um diesen Mund), »es muß also einfach perfekt sein. Beherrscht und perfekt?« »Ja«, sagte ich. Sie hatte sich also, genau wie ich, alles vorher überlegt. Jetzt ging sie ins Bad. Ich mußte die Lichter im Zimmer löschen. Sie wolle aus dem Dunkel hervortreten und im Bett auf mich warten, sagte sie. Erst fühlen, fühlen, dann sehen. Sie wolle sich nicht einfach nackt vor mich hinstellen, sagte sie, mit einer hastigen Bumserei als Folge, wir, in unserem Alter (kurzes Lächeln), wüßten doch genau, wie es am allerbesten… Dann ging sie, ziemlich sachlich (aber sie hatte recht) nach ihrer Handtasche greifend, ins Bad. Ich zog die Vorhänge zu, löschte die Lichter, wartete im Dunklen, den Blick starr auf den Lichtstreif unter der Badezimmertür gerichtet. Leises Kleiderrascheln, Wasser in der Badewanne. Lichtstreif fort, alles schwarz, Badezimmertür öffnet sich, ganz sanft streifen Haare an mir vorbei, Hände streichen über Bettlaken. Ihre Kleider und Stiefel achtlos in die Ecke neben der Badewanne geworfen, als habe sie nicht vor, sie je wieder anzuziehen. Beherrscht? Beim Anblick dieser Kleider, noch warm von der schönsten Frau der Welt, die hier, hinter der Tür … beherrscht? Rasend schnell jetzt alles. Noch nie so groß und gespannt gewesen. Easy easy. Tür auf, breiter Lichtstreif über dem Bett. Da lag sie (the woman is perfect, aus welchem Gedicht?) ausgestreckt, stockstill, diese Brüste, gleißende Sternchen in den Augen, dieses braune Haar, und dieser halbgeöffnete Mund, jetzt formten ihre Lippen meinen Namen, jetzt öffneten sich ihre Arme, sie spreizte die Beine (the woman is perfect) – das mußte, das mußte sein.«

Nach dieser noch lyrisch zu nennenden Ouvertüre bediente sich Tommie, als er zur Sache kam, der üblichen Ausdrücke. Auch ihm war es natürlich nicht gelungen (wem schon), eine Beschreibung des Akts zu liefern, die von sämtlichen anderen Beschreibungen in medizinischen Anleitungen und pornographischen Büchern abwich. Bei seinem detaillierten Bericht des vierundzwanzigstündigen silbernen Schäferstündchens mußte ich wirklich ab und an laut lachen. Eines war schade: Auch mein alter Kumpel beschrieb keine Novitäten, aus denen der Leser hätte Nutzen ziehen können. Andererseits aber war es ein beruhigender Gedanke, daß mir in meinem fortgeschrittenen Alter keiner der erwähnten Tricks unbekannt vorkam.

♦

MALANG, JAVA, 1934–1938

Zu Deks Beerdigung 1887 konnte mein Vater nicht mehr fahren. Er lag selbst schon seit einigen Monaten im Sterben. Was ihm fehlte, haben uns die Ärzte nie erklärt. Er siechte dahin, sprach nicht mehr, aß nicht mehr, lag stundenlang reglos im Alkoven. Meine Mutter und ich sahen in den letzten Wochen abwechselnd nach, ob er noch lebte, und sie war es, die ihn tot vorfand. Ich habe Doktor de Haas am Schiedamse Singel noch benachrichtigt, aber er kam nicht zur Beerdigung in Overschie. Niemand kam. Wegen seines langen Sterbens traf sein Tod meine Mutter nicht sehr hart, glaube ich. Vier Tage nach der Beerdigung hörte ich, wie sie sich singend (Psalm 43) das Sterbezimmer gründlich vornahm. Unter lautem Gepolter fuhrwerkte sie mit einer Bürste im Alkoven herum. Ich war stolz auf ihre

Energie und versprach ihr zum wiederholten Male, daß ich immer, immer gut für sie sorgen würde. Das konnte ich damals noch leicht sagen, denn ich verdiente bestens bei den Gebrüdern Wilhelmus. Inzwischen war ich auch der Vertraute des jüngeren Herrn Wilhelmus geworden, gezwungenermaßen, was ihn anging, denn der ältere wollte nicht mehr mit dem jüngeren sprechen. Er ließ seinem Bruder nur noch durch mich Botschaften übermitteln. Der alte Wilhelmus hatte seine Liebeleien beenden müssen. Er konnte einfach nicht mehr. Ich vertrat ihn daher auch in diesen Angelegenheiten immer häufiger, denn er schickte mich immer noch mit Blumen und Naschereien zu seinen Freundinnen, in der eitlen Hoffnung, eines Tages vielleicht doch wieder mal in den Genuß der warmgehaltenen Affären zu kommen. Daraus wurde nichts mehr, aber ich hütete mich wohl, ihm zu erzählen, wie sehr seine Damen mich als seinen Stellvertreter priesen. Der junge Wilhelmus hat oft versucht, mich darüber auszuhorchen, aber von mir erfuhr er nichts. Was die Weiber anlangt, war diesem Herrn nichts nachzusagen (um mir Gewißheit zu verschaffen, folgte ich ihm gelegentlich), aber jeder hat seine Schwächen, auch dieser untadelige Paterfamilias mit seiner wohlerzogenen Kinderschar: Er spekulierte mit Firmengeldern. Er ließ sich von Kerlen zweifelhaften Rufs, die er an der Börse kennenlernte, dazu verleiten, große Summen in dubiose Geschäfte zu stecken. Ich kam schon bald dahinter und ließ ihn das auch merken. Im nächsten Monat stieg mein Lohn kräftig, und ich kaufte ein schönes Möbel-

stück – einen türkischen Rauchtisch – für meine Mutter. Sie rauchte zwar nicht, aber wir fanden beide, daß von diesem Tisch etwas Exotisches ausging. Der Tisch lasse sie träumen, sagte sie, entführe sie in ferne, unbekannte Länder, weit weg von Delfshaven, von Overschie. Länder, in die sie nie kommen würde, nach denen sie sich aber immer heimlich gesehnt hätte. Meine Mutter war eine ganz besondere Frau, und ich versprach ihr, daß ich sie im nächsten Sommer (1891 muß das gewesen sein) in die Ardennen mitnehmen würde, oder nach London oder Paris. Die Türkei war zu weit.
Zu dieser Reise kam es aber nicht mehr. Das Jahr '91 brachte viel Pech. Es stellte sich heraus, daß der junge Wilhelmus, auch von mir unbemerkt, die Sackfirma in den Konkurs getrieben hatte. Gerichtsvollzieher, niedergeschlagene Bedienstete, ein schluchzender alter Wilhelmus, der von einer Droschke aus zusah, wie Gerichtsdiener seinen Schreibtisch, den Geldschrank, die schönen schweren Stühle aus seinem Büro forttrugen. Nie hatte ich ihn fluchen hören, jetzt sagte er, die bebende Hand auf meinem Knie: »Verdammt noch mal, de Leeuw, mein Bruder war schon immer ein Taugenichts.« Aber ich hatte keine Zeit, lange zu trauern, ich mußte Geld verdienen, und zwar ziemlich viel, denn ich lebte inzwischen natürlich auf größerem Fuß. Bei meinen Freundinnen kam ich nicht mehr mit kindischen Pralinenschachteln oder einem Rosenstrauß an, nein, ich lud sie zu intimen Diners in renommierten Häusern ein und hatte mir angewöhnt, den Kellnern üppige Trinkgelder zu geben.

Mein Kleidergeschmack wurde von meinen Tisch- und Bettgenossinnen auch immer häufiger gelobt. Eine kostspielige Liebhaberei, aber unerläßlich, will man in besseren Kreisen Eroberungen machen. So verließ ich die Gebr. Wilhelmus (der alte Wilhelmus starb 1893, der junge zog nach Gelderland) und machte mich in drei anderen Handelshäusern nützlich, wenn auch stets mit einer unerklärlichen Rastlosigkeit im Herzen. Ich spürte, daß ich nicht werden wollte wie meine Vorgesetzten. Sonntags mit Gattin und adretten Kindern in der Kirchenbank, werktags mit Jutesäcken oder Kolonialwaren an der Börse handelnd. Das war nicht, was Marx verkündete! Das war, Multatuli zufolge, nicht das Leben, das einen denkenden Menschen, einen bewußt lebenden Menschen befriedigen konnte! Ja, all diese Bücher aus Vaters Schrank hatte ich mittlerweile auch gelesen. Ich begreife noch immer nicht, wie der Inhalt dieser dünnen Bände mir manchmal tagelang bis in die Betten liebreizender Gespielinnen von gutem Stand hinein den Spaß verderben konnte. Die ganze Vögelei führte zu nichts, wurde mir klar. Man wurde von diesen Damen nur ausgenutzt, erkannte ich. Das war 1894 oder 1895, als ich ungefähr siebenundzwanzig war, reif, ja, schon schier verfault, wie ich in düsteren Stimmungen fand. Meine Mutter starb 1895. Sanft und bis zuletzt um mich besorgt, verschied sie. Glücklicherweise schien die Sonne ins Zimmer, so wollte sie es, und vielleicht war es Einbildung, aber ihre letzten Blicke in dieser Welt schienen auf den türkischen Rauchtisch gerichtet.

Rasch war alles verkauft, und mit drei Kisten voll Kleidern und Büchern und einer gutgefüllten Brieftasche zog ich in ein Gasthaus am Coolsingel. Dort ging es jeden Abend hoch her, und für die Herren höchst bequem: keine mühsam vereinbarten Schäferstündchen in Kralingen mehr, nein, die Frauen klopften von allein an meine Tür. Allerdings waren es andere Frauen. Schauspielerinnen oder solche, die es werden wollten. Frauen, die einen ordentlichen Schnaps vertrugen und über Politik reden wollten. Eine neue Welt, fast zwei Jahre hielt ich es dort aus, ich war jemand an der Börse, meine Prinzipale waren immer zufrieden, aber die Rastlosigkeit blieb.

In dem Gasthaus stiegen oft Leute aus den Kolonien ab, frisch zurück aus Niederländisch-Indien. Die Taler rollten munter. Runden fürs ganze Lokal! In »Indien« war alles schön, dort brachte es jeder zu etwas, dort brauchte man kein Geld fürs Essen, alles ließ man einfach aus dem Wald pflücken, die Frauen waren liebe Kreaturen, an Gehorsam gewöhnt, die Einheimischen Jasager – ach ja, es gab kein schöneres Land. Aber was ist mit Multatuli, sagte ich einmal zu drei fidelen Pflanzern. »Wer ist das?« fragte einer. »Wird wohl so 'n Anarchist sein«, sagte ein anderer, »so einer von denen, die glauben, die Einheimischen hätten Verstand wie wir und wollten arbeiten wie wir.«

Ich beschloß, selber nach »Indien« zu gehen und zu schauen, wer recht hatte, diese Pflanzer oder Multatuli. Es war im April 1897 und gottserbärmlich garstiges Wetter, wie sie es auf Java nie hätten, sagte ein verfrorener »Indischgast« zu mir. Er war Assistent-Resident auf Heimaturlaub. Ein durch Pocken abscheulich verwüstetes Gesicht. Wir tranken Branntwein, saßen zusammen am Fenster, am Coolsingel, aber den sah man nicht vor lauter Regengüssen. Assistent-Resident, dasselbe wie Dek also, und trotz der vernarbten Wangen und des plötzlichen Fröstelns (Malaria vielleicht?) übte dieser Mann eine große Anziehungskraft auf mich aus.

Oben zählte ich mein Geld: der Erlös von Mutters Haus und den Möbeln und vor allem des türkischen Rauchtisches, den ich einem Bekannten von der Börse als jahrhundertealte Antiquität verkauft hatte. Dieses Geld hatte ich noch nicht angerührt, mein Lohn reichte aus. So eilig hatte ich es auf einmal, daß ich sogar vergaß, meinen damaligen Prinzipalen, großen Kolonialwarenhändlern an den Bompjes, zu erzählen, daß ich ein Billett für die »Prinses Amalia« gelöst hatte, den Dampfer, der am 1. Mai 1897 Kurs auf Java nehmen sollte. Nur meine letzte Freundin, eine gewisse Trees, die aber unten im Gasthaus und in anderen Etablissements unter dem Namen Charlotte bekannt war, zog ich ins Vertrauen. Darf ich mit, quengelte sie, nimm mich mit ins Land der Affen und Schlangen! Aber zum Glück war das nur ein vorübergehender Einfall: Weder für mich, noch für sämtliche Affen und Schlangen der Insulinde würde sie ihre Rolle als Näherin (und fingerfertig war sie auch sonst, o la la!) in Ludwig und Antonia oder Die Klage einer Mutter, Drama in drei Akten, aus dem Französischen, aufgeben. Später besuchte ich in Surabaja und anderswo Vorstellungen

niederländischer Theaterensembles, aber Trees beziehungsweise Charlotte war nie dabei.
Schon früh erschien ich an Bord der »Prinses Amalia« mitsamt meinen drei Kisten. Reges Treiben am Kai. Ich teilte mir eine Viererkajüte mit zwei Beamten vom Wasserwirtschaftsamt und einem grauen Schreiberling aus dem Finanzministerium. Als wir den Hafen verlassen hatten, sah ich die anderen Passagiere an Deck. Mütter spazierten mit ihren Kindern umher. Offiziere aus der Niederländisch-Indischen Armee verbeugten sich schneidig voreinander. Es sei ein modernes Schiff, sagte der Schreiberling, und der mußte es wissen, war er doch beim ersten Mal noch mit einem Segelschiff nach »Indien« gereist. Tagelang Flaute, Beschwerlichkeiten, schlechtes Essen, zwei Tote im Indischen Ozean über Bord gesetzt. Nein, das hier sei ein moderner Kahn. Eine Luxusreise im Vergleich zu früher. Dieser Speisesalon! Der Schreiberling geriet schier aus dem Häuschen.
Und nun diese Frau. An Deck, vor allem aber bei den Mahlzeiten, sah ich sie mir gut an. Eine Frau vergißt man nach dem ersten (und manchmal einzigen) Blickkontakt oder man vergißt sie nie wieder. So ist es nun mal. Dieser Gedanke hat wenig mit dem Folgenden zu tun, denn wenn man sich mit so vielen auf dem kleinen Spazierdeck eines solchen Dampfers aufhält, so viele Wochen lang, dann bleibt es natürlich nicht bei einem Blick im Vorbeigehen, aber den obigen Gedanken fand ich zu schön, als daß ich ihn hätte unterschlagen mögen. Mit einem Säugling auf dem Arm promenierte sie umher, bei

Regen und Hitze, und den Speisesalon betrat sie am Arm eines Hauptmanns der »indischen« Armee, der sein Gesicht unter einem unerhört großen Schnurr- und Backenbart verbarg. Und die Geneverflasche nahm er immer mit an den Tisch. Wenn man ihn so hörte mit seinem Gelalle und Geschlürfe, konnte man sehr gut verstehen, daß seine liebreizende, um vieles jüngere Gattin den Säugling bei Wind und Wetter auf dem beengten Deck umherschleppte, das stets stickigheiß war, nachdem wir die Tropen erreicht hatten. Alles tat sie natürlich lieber, als mit diesem besoffenen Kommißkopp in ihrer Kajüte eingesperrt zu sein. Anfangs sprach sie mit niemandem, der erste, an den sie sich wandte, war ich, und ich war gut darauf vorbereitet, wußte ich doch, daß der erste Eindruck, die ersten Worte, alles oder nichts nach sich ziehen konnten (ein Gedanke, der natürlich sehr gut in diese Geschichte paßt). Sie sagte: »Ach, junger Herr, hätten Sie vielleicht die Güte, diesen Stuhl neben die Reling zu stellen.« Junger Herr! Ich war fast dreißig! Junger Herr! Ein zu jugendliches Aussehen hat also auch seine Nachteile, aber die sind nicht unüberwindbar, man kommt anderen harmlos, unerfahren, verläßlich vor, was, sofern klug eingesetzt, wiederum große Vorteile haben kann. Meine unsterbliche Antwort lautete: »Madamchen, ich stelle sämtliche Stühle auf diesem Deck mit Freuden sogar hinter *die Reling, wenn ich Ihnen damit einen Gefallen tun könnte. Johan de Leeuw aus Rotterdam.«*

Sie lächelte dankbar, und im folgenden war ich von

diesem Deck nicht mehr wegzukriegen. Bis spät abends konnte man mich dort finden. Bei meinen Kajütengenossen hatte ich es mir dadurch verscherzt, denn sie mußten einen neuen Kartenspieler suchen. Erst war es der Dritte Steuermann, aber als die Entwicklungen etwas weiter vorangeschritten waren, gelang es mir, ihnen listig, aber auf ganz beiläufige Weise, den trunksüchtigen Hauptmann (also den Mann des Madamchens) unterzujubeln, ein Gottesgeschenk auch für meine Reisegefährten, wurde doch jede Nacht wüst um Zaster gespielt, und der Kommißstiebel, der nach sieben Uhr abends Karo nicht mehr von Kreuz unterscheiden konnte, war nach einer heimlichen Absprache zwischen den drei Herren der ständige Verlierer. Der Schreiberling vom Finanzministerium führte gewissenhaft Buch, und in Batavia würde man abrechnen. Sollte jemand diesen Bericht lesen, was nicht zu erwarten ist, dann wäre dem Betreffenden schon jetzt klar, worauf das alles hinauslaufen sollte. Nicht wahr: Junge Frau, mit einem älteren, selten nüchternen Haudegen auf dem Weg nach Niederländisch-Indien, kränkelnder Säugling, der einem Sorgen bereitet, sucht gern für einen Augenblick Trost, Beistand, Freundschaft bei jugendlichem – bei näherer Bekanntschaft aber doch nicht zu jugendlichem – solidem Herrn, in elegantem Anzug, höflich, vor allem höflich, der dennoch vor einem gewagten Scherz oder einer Bemerkung nicht zurückschreckt, über die die Dame in ihrer Koje noch lange nachgrübeln konnte. Und das tat sie, aber auch wieder nicht zu lange. (Eigentlich ist das alles dum-

mes Geschwätz, aber als alter Mann verschafft es mir nun mal Genugtuung, meine größte Eroberung in allen Einzelheiten zu schildern.) Als wir auf dem dunklen Achterdeck händchenhaltend zum Mond hinaufschauten, während leise, fast klagende Harmonikaklänge aus den Mannschaftsräumen zu uns heraufwehten, brauchte es nicht viel, um Greet meine Liebe zu erklären. Sollte sie diesen Saufaus je verlassen wollen (auch wenn sie noch keine zwei Jahre mit ihm verheiratet war, aber jeder kann sich mal irren), dann könne sie auf mich zählen. Im Mondlicht glänzende Wangen und diese stets wehmütigen Augen und der Rest, dieser Rest, den ich unschwer erraten konnte. Es waren unauslöschliche Eindrücke, die ich während meiner ersten (und letzten) Fahrt zu Multatulis Smaragdgürtel sammelte, soviel ist sicher. Den Rest, den überließ ich ihr. Eines Abends, nachdem wir den letzten Leuchtturm Arabiens passiert hatten, hatte sie alles in die Wege geleitet. Erst den Säugling gekost und zugedeckt. Zu Tisch mit dem Hauptmann und dem Genever. »Diese hundsmiserable Schiffskost«, rief er mehrere Male. Eine andere Kolonialdame, die am Nebentisch saß, ließ vor Schreck ihren Löffel in die Suppe klatschen. Die fröhlichen Kartenspieler, mit denen ich auch den Essenstisch teilte, sahen amüsiert zu ihrem Freund hinüber. Je besoffener, desto besser für nachher, müssen sie gedacht haben. »So ein Hauptmann von der ›indischen‹ Armee verdient mächtig viel Geld«, fügte der Schreiberling hinzu, und der wußte alles. Die Karten wurden in unserer Kajüte gemischt. Ich hatte nach dem Essen ein Bad genommen, im Badehaus, wie das an Bord hieß. Es war sehr warm in der Kajüte, Zigarrenrauch, Schweißgeruch meiner Reisegefährten und der stinkende Dampf, den die »Prinses Amalia« ausstieß und der nach unten, bis in die Gänge hinein schlug. An jede Einzelheit dieses Abends erinnere ich mich. Der Hauptmann kam brummend in unsere Kajüte. »Heute abend werd ich euch aber verdammt noch mal zeigen, wie man dieses Teufelsspiel spielt. Ich steh in der Kreide bei dir, Schreiberling, aber heute abend werd ich euch mit einem Schlag euer gottverdammtes Salär für die nächsten drei Jahre... Himmelherrgott, jetzt hab ich doch meine Flasche vergessen!« »Die hole ich Ihnen gern, Herr Hauptmann«, sagte ich höflich, und sie stand bereits oben an der eisernen Treppe und wartete mit dieser Flasche, nein, mit zwei Flaschen, und das Lächeln, mit dem sie mir diesen Zaubertrank reichte, war nicht mehr wehmütig, nein, jetzt war es mir mit einemmal klar, nicht wehmütig, sondern rätselhaft, nein, orientalisch, nein, mystisch, ja, dieses Lächeln war mystisch. (Ich bessere jetzt, 1934, noch etwas nach. Im Licht der späteren Ereignisse betrachtet, wäre jedem Bauernlümmel eine Beschreibung wie die obige aus dem Federhalter geflossen.) Aber dennoch war ich mir hundertprozentig sicher, daß es mit Greet anders, völlig anders werden würde. Als erstes: Von ihrer Seite kein langes Drumherumgerede wie bei diesen Damen in Kralingen, die immer erst unbedingt sagen mußten, daß sie natürlich noch niemals mit jemand anderem als dem Herrn Gemahl und so weiter, daß sie den Herrn Gemahl eigentlich nie richtig geliebt hätten, daß Frauen in dieser Welt und was die Liebe anbelangt zu kurz kämen, all dieser Unsinn … Nichts davon bei Greet. Ich trat in ihre Kabine und war sofort betäubt – sie hatte mit einer halben Flasche Parfüm den ranzigen Geruch, der in allen Kajüten hing, vertrieben, und ebenso hatte sie, wie ich sah, bereits das Nötige an Unterröcken, Leibchen mit tausend Knöpfen und andere Hindernisse entfernt, so daß wir nicht unnötig Zeit zu vergeuden brauchten. Der Kleine röchelte ab und an in seiner Wiege, aber sie und ich hatten keine Zeit für Wiegenliedchen. Es geht nichts über Erfahrung! Nur Erfahrung führt zu einem vollkommenen Akt! Aus Übung entsteht Kunst! Noch heute, fünfunddreißig Jahre später, spüre ich den Stolz, der mich beim Verlassen ihrer Kajüte erfüllte, todmüde, aber wie elektrisiert, und auf dem Achterdeck mußte ich auf einmal laut lachen, einfach so, für mich allein, ein Lachen in Richtung der Lichter auf einer Insel, an der wir gerade vorbeifuhren. Als ich ging, hatte sie gesagt: »Und wenn es morgen noch so warm ist, ich werde ein Kleid mit hohem Kragen anziehen müssen, du Schlimmer! Niemand wird mir abnehmen, daß die Bisse an meinem Hals von Moskitos stammen.«

Bevor die »Prinses Amalia« in Batavia anlegte, war nur noch viermal Kunst aus Übung entstanden, sehr bedauerlich, wie auch sie fand, aber so ein Schiff ist eigentlich zu klein für Eskapaden, und der heldenhafte Hauptmann war von meinen Kabinengenossen in drei Sitzungen so kunstgerecht um seinen Sold für die nächsten sechs Monate erleichtert worden, daß er sich nicht einmal mehr eine Flasche Genever an Bord leisten konnte und Tag und Nacht, bis zu unserer Ankunft in Batavia, fluchend in der glutheißen Kajüte lag, so daß sie und ich keine Gelegenheit mehr bekamen, einander zu umarmen. Noch einmal, kurz vor der Ankunft, zeigte sie mir schnell ein paar Flecken auf ihren Armen. »Nicht von dir, nicht von den Moskitos«, sagte sie. »So ein Rohling«, murmelte ich. »Ach«, sagte sie, »ach«. Ihre letzten Worte zu mir. Ich trödelte noch etwas an Bord herum und sah sie vom Deck aus die Laufplanke hinuntergehen. Der Hauptmann, Käppi schief auf dem Kopf, vorneweg, ein Schiffsbediensteter mit dem Säugling dahinter, und dann sie, Greet, Margaretha, gebürtig aus Friesland, meine größte Geliebte. Sie drehte sich noch einmal um zum Schiff. Ich sah, daß sie mich unter den Zuschauern an der Reling nicht fand, aber sie wußte, daß ich da irgendwo stand, und warf den Kopf herausfordernd zurück. Ich war bewegt vor lauter Bewunderung und beschloß, herauszufinden, wohin Hauptmann Macleod und seine Frau nun reisten (das hatte sie mir nicht erzählt), aber ich bin nie dahintergekommen und es war das letzte Mal, daß ich sie sah. Noch lange aber roch ich, vor allem bei Anfällen von Einsamkeit auf den Vordergalerien der kleinen Pensionen, in denen ich in der ersten Zeit in »Indien« wohnte, den süßlichen Duft des Parfüms, das sie bei unseren Begegnungen so verschwenderisch in der stinkigen Kabine versprenkelt hatte. Eben nannte ich den Namen des Hauptmanns. Macleod. Ich weiß genau, daß er so hieß. Nein, nicht ganz genau. Der Mann hat sich mir, der Rotznase, nie mit vollem Namen vorgestellt. Und daß sie Greet hieß oder Margaretha, hatte ich dem entnommen, was er während der Mahlzeiten oder an Deck im Suff zu ihr sagte. Nie hat sie selbst ihren Namen genannt. In der Koje, während unseres Beisammenseins, flüsterte sie ganz andere Namen. »Nenn mich deinen Stern, nenn mich deine Sonne, deinen Mond, und sonst nichts, mein Geliebter.«

Genau weiß ich es also nicht, aber meine Kajütengenossen sprachen von »diesem Macleod, den wir so zünftig ausgezogen haben«. »Das heißt jetzt ein Jahr lang trockenen Reis für diesen Macleod, bevor er diese Reise vergessen hat, haha!«

Später wurde es für mich zu einer brennenden Frage. Wie hießen diese Leute bloß? Waren sie es wirklich? War sie es wirklich? Ich wußte, daß sie es war, aber beweise das mal. Ich wußte, daß sie es war, als ich 1919 im wöchentlichen Lesepaket vom »Toko Madiun« (Bücher und Zeitschriften für die ganze Familie) lange Reportagen über die Spionin Mata Hari fand. Ein Donnerschlag! Herzklopfen bis zum Hals! Es war so, es war wirklich so, Joh. de Leeuw Hzn., Angestellter der Staatlichen Eisenbahn in Surabaja, war mit der größten Spionin aller Zeiten in der Koje gewesen, jawohl, er hatte sie, schon im vorigen Jahrhundert, seinen Stern, seinen Mond und seine Sonne nennen dürfen! Fieberhafte Suche in allen Zeitungen. Briefe nach Holland. Weitere Artikel über Mata Hari, und Photographien, vor allem Photographien. Von der Tänzerin. Von der Spionin auf der Anklagebank und wie sie auf dem Exeku-

tionsgelände aus der Kutsche stieg. »Die Tänzerin bei ihrem berühmten indischen Tanz vor hohen Offizieren des französischen Heeres!« Sämtlichen Details in diesen Blättern bin ich nachgegangen. Sie trug stets diese silbernen Plättchen auf ihren Brüsten, schrieb ein Journalist, weil eine Brust angeblich verunstaltet war. Jedenfalls mußte das dann nach 1897 passiert sein, das konnte ich beschwören. Womöglich hatte dieser Macleod sie durch Schläge oder Bisse verunstaltet, bevor sie ihn verließ und ihre eigentliche Karriere begann. Greet. Zelle, den Zeitungen zufolge hieß sie Zelle, und sie kam aus Leeuwarden. Jawohl, Friesland, mein Stern, meine Sonne, mein Mond kam aus Friesland. Das hatte sie tatsächlich einmal gesagt: »Die Luft in Friesland ist noch erstickender als hier«, und das sagte sie im Speisesalon, im Roten Meer. Ich war mir also sicher, aber doch wieder nicht ganz, und dann muß man natürlich den Mund halten, so etwas muß man wie ein Heiliges Geheimnis bewahren, doch wie verlockend war es, viele Jahre später, bei einem Herrenabend, bei dem jeder sich mit seinen Eroberungen zu brüsten begann, die ganze verdammte Rotzbengelrunde mit einem einzigen Satz zu übertrumpfen und ihnen die Milchmäuler zu stopfen: »Aber meine Herren, junge Leute, das alles ist gar nichts. Ich, Johan de Leeuw Hzn., habe 1897 mit Mata Hari in der Koje gelegen.« Erst Stille, fragendes Einander-Ansehen, die Magenbittergläser im Anschlag, und dann plötzlich Gepruste, gegenseitiges Auf-die-Knie-Schlagen. Gebrüll, Geschrei! »Himmelarschundzwirn, de Leeuw, was für eine

Idee, wie kommst du bloß darauf, glaubst du wirklich, verdammich... de Leeuw, daß wir dir auch nur eine Sekunde lang...« Andere traten neugierig auf das Gelächter hin näher. »Herrgott noch mal, habt ihr das gehört?« Ich sehe den langen van der Vlies noch hicksen und heulen vor Lachen. »Unser Freund de Leeuw ist mit, nein, nein, das ist..., das ist...« Ich hätte mich erschießen können vor Wut auf meine eigene Blödheit, meine eigene gottverdammte Blödheit. Und immer noch spüre ich die Demütigung, die in mir brannte, als auch Dr. Ernest Douwes Dekker an unseren Tisch trat und von van der Vlies und den anderen aufgeklärt wurde. Hatte er, der Neffe mit dem berühmten Namen, mich nicht erst kürzlich als einen der feurigsten Revolutionäre in Niederländisch-Indien bezeichnet? Ich hatte vor Stolz geglüht. Hatte ich nicht erst vor vier Tagen bis tief in die Nacht mit ihm, dem Autor von Siman de Javaan *über das »Wecken der geknechteten indonesischen Brüder« diskutiert und über das, was in China und Rußland passierte? Gott, ich sehe noch seinen erstaunten Blick hinter den Brillengläsern, der Führer, dessen Wort für mich zum höchsten geworden war – dachte auch er an jenen Abend zurück, an den Ernst, mit dem ich ihm meine Ideen vorgetragen, an die Überzeugung, mit der ich ihm meine treuen Dienste angeboten hatte? Und hier fand er mich, am Schnapstisch, zwischen lallenden Kolonialherren, die mit ihren wahren oder phantasierten Eroberungen prahlten. Ich stand auf und lief, meiner Tränen wegen stolpernd, die Eingangsstufen des Hotels hinunter.*

Heute, viel später, viel, viel später, erkenne ich, daß es ein Heulen aus Ärger und Wut war: Hätte ich damals, in jenem Augenblick, D.D. und den anderen nur den überzeugenden Beweis liefern können, daß ich wirklich mit Mata Hari ... ich weiß genau, daß ich die Hochachtung eines jeden errungen und daß auch meine Reputation als Revolutionär, Anarchist, Kommunist (in jenen Tagen wußte ich nicht so genau, als was ich mich selbst bezeichnen sollte) nicht gelitten hätte. Aber nein, beweisen konnte ich nichts, und seit diesem Abend hieß ich in Surabaja gemeinhin »Tuan Mata Hari«.

♦

DIE HILFSPROGRAMME waren inzwischen voll angelaufen, und ich war gezwungen, Tommie Vaulants und seines Opas Memoiren für einige Zeit im Archivschrank des Niederländischen Reichs ruhen zu lassen. Zusammen mit drei Hafenexperten reiste ich nach Khulna, nicht weit von der indischen Grenze entfernt und bis vor kurzem eine lebhafte Hafenstadt, doch seit dem Freiheitskrieg waren die Fahrrinnen von Schiffswracks versperrt. Die Reislieferungen derer-einten Nationen, die von Leichtern einer griechischen Reederei transportiert wurden, erreichten Khulna nur mit Mühe. Der Hafen mußte so schnell wie möglich wieder funktionstüchtig gemacht werden, im Hinterland herrschte Hungersnot. Offiziere der Heilsarmee berichteten von Fällen von Kannibalismus.

An die Wiederinstandsetzungsarbeiten im Hafen von Khulna sollten sich jetzt also auch niederländische Experten machen, und mein Auftrag lautete, die Herren bei den Behörden in Khulna einzuführen. Es schien uns eine gute Idee, die Gelegenheit zu nutzen, etwas vom Land zu sehen, daher gingen wir, anstatt das tägliche Rotkreuzflugzeug nach Khulna zu nehmen, in Dacca an Bord der »P.S. Mohmand«, eines Raddampfers, der geradewegs aus Mark Twains Mississippi-Geschichten stammte. Die »P.S. Mohmand« hatte ihre besseren Zeiten längst hinter sich, mußte aber ein unverwüstliches Durchhaltevermögen besitzen. Die Höchstzahl an Passagieren betrug laut dem Bronzeschild in der »First Class Cabin«: 150. Einer meiner Hafenexperten veranstaltete auf dem Ober-, Zwischen- und Unterdeck kurz vor der Abfahrt eine flüchtige Zählung. »Siebenhundertfünfzig Passagiere mindestens«, berichtete er reichlich nervös, denn als Experte hatte er sofort ein paar simple Berechnungen angestellt, deren Ergebnis einzig und allein lauten konnte, daß wir bei der leisesten Brise mit Mann und Maus untergehen mußten.
Die Trossen wurden losgeworfen, die hölzernen Räder schöpften knarrend und quietschend Wasser, Dampfsirene, Gejohle von allen Decks, wir ziemlich still in der »First Class Cabin«, in die man auch zwei deutsche Krankenschwestern verfrachtet hatte, die sich schon jetzt im Flüsterton Sorgen über die Aufteilung heute abend machten, denn für die beiden brauchbaren Kajüten hatten wir alle sechs gültige Fahrkarten in der Tasche. »He!«, rief der zweite

Experte, »die Schaufeln sind ja mit Büroklammern und Bindfäden zusammengeflickt!« »Kein Wunder also, daß man bei uns in der Zeitung so oft liest, daß tausend Seelen auf einmal im Golf von Bengalen ersoffen sind«, sagte der Teamleiter ergeben, »jetzt können wir mal selbst sehen, wie das geht.«
Langsam schaufelten wir die Flüsse von Bangladesch entlang, Biegung um Biegung, das Wasser wurde breiter, bewegter (»jetzt wird's brenzlig«, sagte der Teamleiter), doch der Himmel war hellrot und wolkenlos, als wir am frühen Abend den Golf von Bengalen schräg in Richtung der Sunderbans überquerten, des berühmten Sumpfgebiets mit Hunderten von unbefahrbaren und einem Dutzend befahrbarer Rinnen, in dem den Reiseführern zufolge der fast gänzlich ausgerottete Bengalische Königstiger haust. Das Gespräch mit den Krankenschwestern kam in Gang, nachdem ich, ohne meine Herren zu Rate zu ziehen, den Damen höflich eine der beiden Kajüten angeboten hatte. »Sehr nett, sehr nett«, sagten sie erleichtert, und während wir uns an einem Bierchen aus unserer Vorratskiste labten, lauschten wir ihren Erfahrungen bei einem oder zwei Erdbeben in Südamerika. Jetzt sollten sie einige Monate lang eine Poliklinik hinter Chalna leiten, auf die höchstpersönliche Bitte von Scheich Mujib an den deutschen Bundespräsidenten hin. Brüderschaft also in der »First Class Cabin«, und stets einer der Experten an der Reling auf Ausschau nach Tigern. Die bekamen wir nicht zu Gesicht, sonst wäre die Nacht zwischen den Schiffsrädern ganz perfekt gewesen. Erst gegen acht Uhr am

nächsten Tag lösten sich die ersten Büroklammern, brachen zwei Schaufeln und wurde in einem engen Kanal zwischen kahlen Ufern Anker geworfen. Die Reparatur dauerte viele Stunden. Meine Experten kümmerten sich beherzt um die Arbeiten, erteilten nützliche Ratschläge, ich war wirklich stolz auf sie. Das Schiff hatte gefährliche Schlagseite, denn die siebenhundertfünfzig Passagiere wollten natürlich alle gleichzeitig sehen, was da vor sich ging. Unter Gesang und Gejubel legte die »P.S. Mohmand« mit sechsstündiger Verspätung an einem Kai in Khulna an, nachdem sie sich die letzten Kilometer vorsichtig zwischen aus dem Wasser ragenden verrosteten Achterdecks, Masten und Schornsteinen im Krieg gesunkener Schiffe durchmanövriert hatte.

Am Kai standen zwei glänzende Mercedes, geschmückt mit der bangladeschischen Standarte. Einige Herren kamen auf uns zu. Der Hafenmeister, der Militärkommandant, der örtliche Vorsitzende der Awami Liga. Es hagelte nur so »your Excellencies«. Im Namen der Behörden wurden wir und in einem Aufwasch auch die Krankenschwestern von Herzen willkommen geheißen. Mit unserer Hilfe würde Khulna im Handumdrehen wieder zu dem werden, was es gewesen war: der wichtigste Handelsknotenpunkt Bangladeschs. Ich sagte, daß die Experten, die ich mitgebracht hatte, stolz seien auf die schöne Aufgabe, die sie hier gemeinsam mit ihren Kollegen vor Ort verrichten dürften. »Schon gesehen«, sagte einer der Experten begeistert, »hier gibt's auf Jahre hinaus genug Arbeit für fleißige Entwicklungsfreaks.« Dann mußten wir von Heidi und Liese Abschied nehmen und wurden aufgefordert, in die Mercedes zu steigen, ich in den ersten, zusammen mit dem Militärkommandanten und dem Teamleiter. Am Lenkrad saß zwar ein Fahrer, aber der ließ den Motor nicht an. Befehle ertönten, Männer scharten sich auf allen Seiten um den Wagen, spannten alle Kräfte an und schoben uns in gleichmäßigem und dabei recht flottem Tempo aus dem Hafengelände hinaus und weiter durch Khulnas Straßen. Die Standarte begann sacht zu flattern. Der Militärkommandant gab zu dieser Fortbewegungsart keine weiteren Erläuterungen ab, sondern begann von den Greueltaten zu erzählen, die die pakistanische Armee in ihren letzten Zuckungen auch hier in Khulna begangen habe. »Bad losers, sir, bad losers.« Hie und da wies er uns auf eine Sehenswürdigkeit hin.

Wir fuhren auf eine weitläufige Grasfläche, den Maidan von Khulna, an dem die wichtigsten staatlichen Gebäude lagen. Die Kaserne, der Amtssitz des Bürgermeisters, das Government Guest House, alles in der bekannten britisch-indischen Bauweise errichtet. Sämtliche staatlichen Gebäude in sämtlichen Käffern des ehemaligen Britischen Empires sehen gleich aus. Der Kommandant begleitete uns zu der breiten Veranda des Gästehauses. Bedienstete schossen herbei. Der Teamleiter und ich teilten uns einen hohen, kühlen Schlafsaal. Wir tranken auf der Galerie Tee mit dem Kommandanten, saßen unter einem brummenden Deckenventilator in altmodischen Rattansesseln mit Sitzflächen, die viele Generationen britischer Verwaltungsbeamten-

hintern gründlich durchgesessen hatten. Die Gastgeber verabschiedeten sich. Morgen um sieben Uhr sollten die Experten mit der Wiederinstandsetzung des Hafens von Khulna beginnen dürfen. Der Teamleiter ging, um ein Bad zu nehmen. »Badekabine von Anno Victoria«, rief er. Seine Kollegen hörte ich im anderen Zimmer, wie sie sich lebhaft in ihrer Expertengeheimsprache unterhielten. Es war offensichtlich, daß sie wirklich Spaß an diesem Job hatten. (Dreiviertel ihrer Unterhaltung an Bord der »Mohmand« hatte ich auch schon nicht verstanden, aber ich war jedesmal wieder von neuem fasziniert, wenn einer von ihnen zum Beweis seiner Thesen eine kleine japanische Rechenmaschine aus der Hosentasche zog, auf ein paar Tasten tippte, was winzige Piepgeräusche verursachte, dann das Ergebnis achtlos verkündete und sich schließlich mit einem Blick zurücklehnte, der besagte: »Jetzt seid ihr baff, was?«) Im rückwärtigen Teil des riesigen Hauses werkelten Bedienstete in der Küche herum. Fisch- und Currydüfte. Ich stellte eine Flasche Whisky auf den Rattantisch; das war mein Beitrag zu diesem von Expertenwissen getränkten Abend, der zweifelsohne vor uns lag.
Ich trat auf die Rasenfläche hinaus, ein paar Schritte weg vom Haus. Die Sonne war untergegangen, der Maidan lag totenstill in der Dämmerung da, selbst die Palmen vor dem Guest House raschelten nicht, minutenlang war es wahnsinnig still – sentimentale Gedanken kommen auf, an ferne Geliebte, verpaßte Chancen, gut verdrängte, aber nie vergessene Schnitzer, und auch ein wenig Selbstmitleid.

Und Fragen: Was tust du hier eigentlich, in diesem entlegenen Winkel der Erde? Und wenn du heute nacht eine akute Blinddarmentzündung bekommst, Eiter fließt in die Bauchhöhle – hat sich das alles gelohnt, nur um jetzt in diesem Kaff zu krepieren? Was bringst du mit nach Hause von deinen Reisen? Eine Handvoll Räuberpistolen, die bei jedem Aperitif im Familienkreis durch die dazuerfundenen lebensechten Details noch haarsträubender werden – mehr ist es doch nicht. Antworten auf die eigenen Fragen zu finden, ist schon von vornherein vergebliche Liebesmüh, es wurde also Zeit, die Grübeleien auf dieser dunklen Rasenfläche zu beenden und zu der von Hängelampen romantisch beleuchteten Vordergalerie zurückzukehren, wo meine Experten zu beobachten waren, wie sie in bunten Tropenshirts, frisch gebadet und so weiter, die neue Whiskyflasche umschlichen und von Zeit zu Zeit in die Dunkelheit hinausstarrten; einer von ihnen saß bereits mitsamt seiner Rechenmaschine und einer Mappe voller Papiere am Tisch.
Heisere Laute hinter mir. »Master! Bara Sahib, großer Herr!« Ja, so war es schon bei Couperus. Der weiße Hadschi in der stillen Allee von Resident van Oudijck. Fehlten noch die ausgespuckten Kautabakreste im Badezimmer. Stille Kraft in Khulna. Ich lachte vor Schreck. Der Mann stand neben mir, eine schorfige Hand packte die meine, ich sah für einen Moment nur seine Augen, er kniff mich, ich wehrte mich nicht, riß mich nicht los, stand totenstill da, er auch, und seine rauhen Finger fühlten nach meinem Puls. Von wegen stille Kraft, er hatte es auf

meine Armbanduhr abgesehen. Seine Finger wanderten zurück, tasteten über meine Handfläche. Hielt er den Atem an? Vor Schreck darüber, was er ertastete? Das Bild in der Ferne – die drei holländischen Hafenspezialisten auf der Galerie – beruhigte mich etwas, aber meine Hand ließ er deswegen noch nicht los. (Vielleicht sagte jetzt der eine Experte, der mit den lebhaften Gesten, zu seinen Freunden, er habe eben mal schnell ausgerechnet, daß die internationale Gemeinschaft allein in diesem Jahr schon über drei Millionen Tonnen Nahrungsmittel nach Bangladesch geschickt habe, daß jedoch weniger als zehn Prozent davon den Hungerleidenden zugute kämen, weil die Verteilungsmöglichkeiten, die Hafenanlagen so wahnsinnig schlecht seien…) Meine Hand ließ er nicht los. Er stand dicht neben mir, und ich konnte ihn riechen. Schweiß, Rauchgeruch in seinen Lumpen, von lange erloschenen Feuern. Und dann plötzlich ließ er mich los und sprach in der Sprache seiner früheren Herren: »Ten years more! Only ten years more. Master must be careful. Danger, danger.« »How much?« rief ich noch, etwas schrill, aber er war nicht mehr da. Ein Gratisrat also. »Was ist?« rief der Teamleiter von der Galerie. »Ich komme«, rief ich.

♦

(Warum schleppe ich Opas alte Kassenbücher überallhin mit?)
»This is the saddest story I have ever heard.«
Die allertraurigste Geschichte *von Ford Madox Ford, erster Satz. Wieder in diesem Buch gelesen zwischen Amsterdam und Wien. Dadurch, was im Marriott passiert ist, habe ich die Unterlagen für die Konferenz in Wien nicht richtig studiert, geschweige denn für den Boß die üblichen Exzerpte und »Empfehlungen« schreiben können. Meine Gedanken sind nun mal mit anderen Dingen beschäftigt. Ich werde mich also mit meinen flotten, aber zu langen, unvollendbaren Sätzen aus der Affäre ziehen müssen, bei denen der Boß etwa in der Mitte nicken oder den Kopf schütteln kann, und ich kenne seine Gesichtsausdrücke mittlerweile so gut, daß ich dann rechtzeitig in Richtung »ja« oder Richtung »nein« beidrehen kann. Survival of the fittest. Schon seit acht Jahren bin ich dabei. In diesen acht Jahren drei Stockwerke am East River emporgestiegen, sitze also fest im Sattel, bis die Russen oder andere …*
The saddest story – schon seit Jahren möchte ich mehr wissen über diesen Vielschreiber Ford Madox Ford. Begründer von Zeitschriften, Verfasser schlechter Gedichte, Essays, Erzählungen, dicker, unlesbarer Romane, und dann Die allertraurigste Geschichte. *Und jetzt, nach dem Marriott, muß ich die* Saddest Story *noch übertreffen, gleich nach dieser Konferenz in Wien fange ich an. Die erste Zeile*

steht schon da, jetzt, in diesem Moment, im Flugzeug über Frankfurt an den Rand des Conference Document B/IV/307/industrial development in the Second Decade gekritzelt: »Sie war so irrsinnig blond, daß es mir die Sprache verschlug.« Ach nein, so begann Kleist nicht, so fängt Der große Gatsby *nicht an. Alles, was ich gern sagen würde, wird von ihr blockiert. Mein Freund Bo, Verfasser (glatter) Erzählungen und Freund treffender Eröffnungssätze, würde sich totlachen, würde er lesen »sie war so irrsinnig etcetera«. (Außerdem war sie nicht blond.) Abstand gewinnen, relativieren, sich selbst fast wegrelativieren, das ist die einzige Möglichkeit, irgend etwas zu erreichen, auf Papier und auch anderweitig. Würde Bo sagen. Wir sahen uns diesmal nur für eine Stunde. Er kam aus seinem Ministerium, und wir tranken Kaffee am Plaats, in Den Haag. Sein Erzählungsband lag im Schaufenster der dort gelegenen Buchhandlung. Er kaufte einen für mich, und trotz allen Herumgeschwafels und Schultergeklopfes wußte ich, daß es ihm wichtig war, mir dieses Buch zu schenken. Ja nicht ernst sein, ja nicht theatralisch oder dramatisch werden, sah ich ihn denken. Wenn er wüßte, wo ich am selben Nachmittag um sechs Uhr sein würde und mit wem. Nein, es ist nicht schwer, love, es ist nicht schwer, die* Saddest Story *von Ford Madox an sadness zu übertreffen.*

Hotel Karoliner Hof, 20.30 Uhr. Als erstes also die übliche Vorbesprechung mit dem Boß. Ich habe ihm meine noch nicht einmal einer oberflächlichen Analyse standhaltenden Vorstellungen unterbrei-

tet, mündlich, also nicht zu kontrollieren. Und ich bin, wie gesagt, stets bereit, Gas zurückzunehmen, nachzugeben, zwar erst nach einigem vorgetäuschten Nachdenken, aber stets ehrfürchtig zurücksteckend angesichts noch größeren Sachverstands und noch größerer Intelligenz als der meinen. Der Boß sah die Vorbesprechung als erfolgreich an und wünschte uns zufrieden gute Nacht. Morgen und übermorgen wird die Konferenz unter seiner Leitung ein großer Erfolg werden. Aber ich rieche sie noch, und ich weiß, daß sie jetzt auch an mich denkt. Ich spürte es, als ich gerade die Karte mit dem für morgen früh, 7 Uhr 30 gewünschten Frühstück außen an meine Zimmertür hängte.

Immer war Bo ein wenig mein Wasserträger. Kein Mitläufer, kein Jasager, am besten könnte man ihn vielleicht als »den Sekretär« bezeichnen. So ein nützlicher Typ, der an alles denkt, der alles genauestens registriert. So muß man auch seine Erzählungen lesen: als hätte er nichts damit zu tun, aber hoho!... Seine wenigen Briefe im Laufe der Jahre geben einem zwischen den Zeilen mehr zu lesen als auf den Zeilen. Er wünscht einem ein glückliches neues Jahr, und man sieht seiner Handschrift an, daß er sich fragt, wozu das alles eigentlich nötig ist, warum wir nicht zusammengeblieben sind in diesem Garten in Malang. Manchmal hatte ich beim Lesen seiner flotten Weihnachtswünsche sogar das Empfinden, er könnte der ideale Reisegefährte nach Bougainville, Alice Springs, Cox's Bazar sein. In seinen Erzählungen kommen oft Wichtigtuer und Schaumschläger vor, clevere Aufreißertypen. Ich habe gelegentlich das unangenehme Gefühl gehabt, Bo habe für all diese glatten Typen mich zum Vorbild genommen; ich habe ihn auch mal danach gefragt, aber nur emotionale Dementis als Antwort bekommen. Nein, schon der Typ an sich, von dem viele herumliefen, kotze ihn an, schrieb er, und diese Art von Boys lasse er mit grimmigem Vergnügen in seinen Erzählungen untergehen, ich dürfe aber nicht denken, daß er mich so sehe.

Ich sitze jetzt hinter dem Boß, der seine Eröffnungsrede hält und die Delegierten aus sechzig Ländern dazu aufruft, mit dem größten Einsatz und der größten Bereitschaft zur Zusammenarbeit die uns alle bedrohenden Probleme, wie sie im Conference Document B/IV/307 definiert seien, in Angriff zu nehmen. Der Boß spricht Englisch mit schwerem Akzent, aber das hören die meisten Herren nicht, denn sie lauschen mit Kopfhörern den Stimmen von Dolmetschern. Neben mir sitzt Jean P., ein französischer Kollege, vor dem ich immer etwas Angst habe. Er ist dermaßen brillant und überlegen, daß ich mir selbst bei jedem Kontakt mit ihm wie ein unbeholfener Tölpel vorkomme, eine Null, die in dieser illustren Umgebung nichts zu suchen hat. Wenn er mich anschaut, sehe ich, daß er dieser meiner Meinung über mich selbst uneingeschränkt zustimmt. Der Boß reicht einen Zettel nach hinten. Jean P. nimmt ihn entgegen und reicht ihn an mich weiter. »Mr. V., will you do me a favour and ask the Nigerian delegate to meet me in Room 6 after the meeting. Thank you.« Mit gewichtiger Miene quer durch den Saal Richtung nigerianische Delegation.

Danach noch ein Auftrag: Die Gattin anrufen und sagen, sie müsse heute abend allein zum Cocktail bei der Prinzessin von und zu Lichtenberg, denn der Boß sieht sein Programm für den Rest des Tages schon jetzt ins Wanken geraten.
Früher, in den ersten Jahren, mußte ich noch Berichte abfassen oder, besser gesagt, die wichtigsten sogenannten »Aktionspunkte« notieren und für den Boß im Kopf behalten. Sein birmanischer Vorgänger hatte damit angefangen, warum, weiß niemand mehr, denn er las sie nie. Eine Mappe voll bekam ich eines Tages, kurz nach seinem Weggang, auf meinen Schreibtisch zurück. Nur ein einziges Mal hat sich dieser unbeirrbare Asiate direkt an mich gewandt. Eines Samstag vormittags in einem Supermarkt in Riverdale stand er plötzlich mit einem Einkaufswagen neben mir und fragte: »Excuse me, Mr. Vaulant, do you know where I can find the toothpaste?« Nein, dann schon lieber sein Nachfolger – der ging dann und wann bei einem Sherry und für seine Verhältnisse sogar entspannt die Situation auf dem Globus mit seinen nächsten Mitarbeitern durch.
Zwischen den Aufträgen schrieb ich von ihr und mir. Ich sah, wie Jean P. sich leicht erstaunt meine Schreibwut ansah. Derart eifriges Notizenmachen war er von mir nicht gewöhnt. »Un billet doux«, flüsterte ich. »C'est évident«, antwortete er. Was in Gottes Namen kann man in so einer Konferenz sonst auch schon tun.
Abends im Hotel ein Zettel mit lediglich ihrem Namen und ihrer Telefonnummer. Keine Nachricht,

keine Bitte um Rückruf, nur ihr Name und ihre Telefonnummer. Aber drei Versuche, sie zu sprechen, scheiterten. Niemand nahm ab. Ich lauschte auf meinem Bettrand sitzend dem sinnlosen Summton, sah auf meine zitternden Hände und wußte, wußte, daß ich sie nie wiedersehen würde, nie wieder sprechen würde und daß jeder Versuch von ihr oder mir, die Uhr zurückzudrehen, zu nichts führen würde.

♦

MALANG, JAVA, 1934–1938

Ich habe damals, 1902, versucht, in Bandung und Semarang Arbeit zu finden, und das hätte ich wohl auch geschafft, wäre ich nicht Dientje Caldenfeld begegnet. Bei einem Ausflug von Bahnangestellten zu einem Wasserfall oberhalb von Malang. Sie war ein puppenhaftes Mädel, natürlich etwas zu puppenhaft für den Geschmack eines Mannes, der die nötigen Erfahrungen mit Fräuleins gesammelt hat, wie oben beschrieben. Aber Dientje war an jenem Tag die einzige junge Dame, mit der ein Tête-à-tête zwischen den Pisangstauden möglich war, denn ihre Mutter gab nicht gut auf sie acht. Die Mutter des anderen Mädchens, Annie, deren Nachnamen ich nicht mehr weiß, die aber, ihren Blicken nach zu urteilen, schon etwas mehr einschlägige Erfahrungen gesammelt hatte, ließ ihrer Tochter keine Chance, sich für einen Augenblick mit den jungen Herren der Gesellschaft für einen Blick auf irgend etwas anderes als diesen majestätischen Wasserfall in die

Büsche zu schlagen. Also konzentrierte ich mich auf Dientje Caldenfeld, die doch nicht so arglos war, wie sie aussah, denn kaum hatten wir uns zehn Meter von der Gesellschaft entfernt, da fragte sie schon: »Wie kommt es, daß Sie noch nicht verheiratet sind?« Darauf kann man dann antworten, weil ich die Richtige noch nicht gefunden habe, aber nein, ich zauberte für Dientje ohne zu zögern eine von mir feurig geliebte, 1895 jedoch im Alter von zweiundzwanzig Jahren in Rotterdam von der Schwindsucht hinweggeraffte Göttin aus dem Ärmel. Danach sei ich traurig gewesen und daher sei ich nach »Indien« aufgebrochen, ohne auch nur meine besten Freunde und Familienangehörigen davon zu unterrichten. Um diese Göttin trauere ich eigentlich immer noch. Sie hing an meinen Lippen, wollte wissen, wie die betrauerte, vergötterte Verstorbene geheißen, wie sie ausgesehen habe. Ich habe mir alles an Ort und Stelle ausgedacht, und während meines ganzen Ehelebens mit Dientje (bis sie 1930 im Alter von sechsundvierzig Jahren starb) habe ich diese Legende von Alice (Alice!) aus Kralingen (der ihr Vater den Umgang mit mir verboten hatte, so daß unsere Begegnungen immer sehr, sehr riskant, aber dafür um so romantischer waren) aufrechterhalten. Und das alles nur, um sie nicht zu enttäuschen, sie fand diese Geschichte so wunderbar, mein Dientje. Als man mich später Tuan Mata Hari nannte, hat sie das auch immer für einen schönen, ehrenvollen Spitznamen gehalten. Es sei natürlich reines Stammtischgeschwätz, sagte sie, schade, schade, daß es nicht wahr sein konnte. Ihr

Johan mit Mata Hari, das wäre doch großartig gewesen! So war Dientje, versessen auf romantische Geschichten, sie verschlang die Lesepakete aus dem »Toko Madiun« geradezu, Woche für Woche.
Wir waren glücklich, natürlich auch, weil ihr Vater, als ich um ihre Hand anhielt, mir gleich rundheraus erklärte: »De Leeuw, ich mag dich, auch wenn ich nicht glaube, daß du hier im Osten eine große Karriere machen wirst. Aber nicht jeder kann Generalgouverneur werden. Gib gut acht auf Dientje und auf ihr Geld.« »Und ihr Geld, Mijnheer?« Ja, Mijnheer Caldenfeld, sehr erfolgreich im Kautschukgeschäft, gab Dientje, seinem einzigen Kind, eine monatliche Apanage von zweihundert Gulden, bis zu seinem Tod – danach sollte sie alles erben. Doch als wir ihn 1913, kurz nach seiner Frau, beerdigt hatten, besaß er nichts mehr. Drei Tage nach seinem Tod wurden Dientje die letzten zweihundert Gulden vom Boten der Bank übergeben. Der Verkauf seines Hauses, der Kutsche, Pferde, balinesischen Kunstschätze erbrachte gerade genug, um seine Schulden bezahlen zu können, und außerdem stellten uns noch jahrelang zwei dunkle junge Leute aus Makassar nach, die behaupteten, uneheliche Söhne des alten Herrn zu sein. Dientje fand auch das wundervoll, denn es paßte zu dem Schund in den Lesemappen, den sie immerzu verschlang.
In den ersten Jahren hatten wir also keine Geldsorgen. Ich konnte mich aktiv mit der Lokalpolitik befassen und es mir leisten, von Zeit zu Zeit mein Arbeitsverhältnis »aus prinzipiellen Erwägungen« (wenn ich keine Lust mehr hatte) zu kündigen. Ich

schrieb kleine Artikel in der Volharding, *dem Organ der Vereinigung der Eisenbahner und Straßenbahner. Henk Sneevliet war dort eine Zeitlang Redakteur. Und auch D.D. übernahm Artikel von mir in* Het Tijdschrift *und* De Expres. *Viele Gedanken von Marx konnte ich auf diese Weise den Proletariern in Surabaja und Umgebung in meinen eigenen Worten nahebringen. Die zweihundert Gulden von Papa Caldenfeld und Dientjes nie versiegende romantische Zuneigung und Bewunderung haben bewirkt, daß ich auch heute noch voller Dankbarkeit an die Jahre mit ihr und unseren zwei Kindern zurückdenke, die noch vor ihrer Geburt mit Sparbüchern von Opa Caldenfeld bedacht wurden. Sobald Dientje sagte: »Pa, bei mir ist was Kleines unterwegs«, ließ der Alte ein Sparbuch ausstellen auf den Namen … de Leeuw. Glückliche Jahre, liebe Frau, gute Schwiegereltern. Liebe Töchter – jedenfalls bis Kerle ins Spiel kamen, und das war schon verteufelt früh der Fall, vor allem bei Riek. Noch nicht mal sechzehn war sie, kein Püppchen wie ihre Mutter, sondern eine echte de Leeuw. Ein hübsches, kräftiges Ding. Verdammich, die jungen Herren von den Plantagen gaben ihre Adresse schon bald untereinander weiter, und mehr als einmal mußte ich in aller Herrgottsfrühe mit einem* sado *aufs Clubgelände fahren, um Riek, mit roten Wangen und zerknautschtem, versautem Kleid, aus den Armen angesäuselter junger Herren zu befreien. So nannte ich das, sie aber war immer wütend. »Da ist mein Alter schon wieder«, hörte ich sie einmal verzweifelt zum jungen Daverman sagen, einem begnade-*

ten Angeber, Verwalter der Zuckerplantage »Kebon Madju«, der für sein brutales Auftreten gegenüber dem einheimischen Personal bekannt war. Daß Riek ausgerechnet mit diesem Flegel anbändelte – jahrelang konnte mich das noch erbosen. Daher auch meine Rache – ein Artikel in De Bode *über die menschenunwürdigen Zustände auf der Plantage K.M.: »... wo Mijnheer D. (deutlicher möchte ich nicht werden) eine eiserne Knute auf den gekrümmten Rücken seiner Arbeiter tanzen läßt...«, ein schöner Satz natürlich, allerdings stand zwei Tage später ein Polizeihauptwachtmeister bei mir vor der Tür. Der beleidigte mich, weil er bezweifelte, daß ich diese Schmähworte tatsächlich selbst in die Zeitung gesetzt hatte. Der Polizeipräsident, sagte er, könne sich nicht vorstellen, daß ich, ein ordentlicher Mann, aber, soweit bekannt, ungebildet, eine solch giftige Feder zu führen verstünde. Erst sei also noch der Beweis anzutreten, daß ich der Verfasser sei. Höhnisches Gelächter des Polizeihauptwachtmeisters. »Sie wollen also der Domela Nieuwenhuis von Niederländisch-Indien werden«, sagte er. Leider ließ Daverman die Sache ansonsten auf sich beruhen. Bei einer Parade aus Anlaß des Geburtstages der Königin, Jahre später, begegnete ich ihm noch einmal, mit einer pferdeähnlichen, anscheinend frisch aus Holland importierten Frau am Arm, mit Rötelnpickeln und einem Schnurrbart aus Schweißtropfen. Während er scheu den Hut vor mir zog, sah ich seinem Gesicht an, wie leid es ihm tat, daß nicht Riekje an seinem Arm ging. Nicht, daß die junge Dame eine bessere Partie gemacht hätte, mit-*

nichten, sie warf sich, noch keine achtzehn Jahre alt, an einen Tanzlehrer in Solo weg. Einen Tanzlehrer in Solo! Der sich Poldi Dujardin nannte. »Institut de Danse Poldi et Frères«. Ein richtiger Pomadenhengst, dick beringt, ein schleimiger Schnösel, aber auch Dientje wickelte er mühelos um den Finger, und mich ließen sie toben und wüten, keiner hörte auf meine Warnungen. Das Hochzeitsfest im Institut de Danse habe ich denen ordentlich versalzen, wütend und besoffen, wie ich war. Dientje war böse, Riek und Poldi (den Namen habe ich nie über die Lippen bekommen) hielten sich im ersten halben Jahr von mir fern, und ich ließ mich nicht einmal durch die Geburt ihres Sohnes Johan Dujardin versöhnen. Eine lächerliche Namenskombination, natürlich einzig und allein dazu gedacht, mich, den alten Herrn, gnädig zu stimmen. Das Schild über der Tanzschule, so sah ich voraus, würde wohl in Kürze in »Poldi et Fils« abgeändert werden. Die »Frères« existierten im übrigen nicht mal, aber Riek sagte, Poldi habe seine Ausbildung (Ausbildung!) in Paris genossen, und da trügen alle Tanzschulen den Zusatz »Fils« oder »Frères«. Bald darauf, in den Krisenjahren, wurden in Solo wie anderswo immer weniger Tanzstunden genommen. Poldi versuchte es überall auf Java und tanzte sogar, so wurde mir erzählt, im Gesellschaftsclub von Medan mit einer Partnerin namens Beatrice Tango mit einem Sombrero auf dem Kopf. Seine Vorführungen hatten großen Erfolg, das schrieb Riek mir auch, aber ich ließ nichts von mir hören, und meine Reue kam erst später, viel später, als sie eines Tages auf meiner

Hintergalerie erschien. Ich erschrak über ihr schmales Gesicht und die Traurigkeit in ihren Augen. Poldi und die beiden Buben warteten ehrerbietig in einiger Entfernung, bis Riek und ich uns ausgeheult hatten, und dann verabschiedeten sie sich schon wieder. Diesmal ging's nach Makassar, und nicht, um zu tanzen, sondern um eine kleine Pension zu übernehmen. Meine andere Tochter, Olga, in deren Haus ich damals schon mehrere Jahre lebte, gab dem mittellosen Tanzlehrer und seiner Familie noch alles mögliche mit. Der Sado war gerammelt voll mit Kartons und Koffern. Abends brachte Olga mir eine Flasche kalten Genever und sagte: »Ich bin so froh, Pa, ich bin ja so froh.« Und ich wußte, was sie meinte.

Olga – ein genauso liebes Püppchen wie ihre Mutter. Wenn ich sie ansah, verspürte ich immer so etwas wie Angst. O Gott, wenn dem Kind bloß nichts zustößt, wenn sie nur glücklich wird, wenn ich sie nur beschützen kann. Trotz ihrer zerbrechlichen Puppenhaftigkeit verstand sie es besser, sich die klebrigen jungen Herren mit ihren schönen Sprüchen vom Leib zu halten als Riek. Sie brauchte ich nicht vor Tau und Tag aus dem Club abzuholen. Sie war immer um zwölf zu Hause, und die Gutenachtkußbettler ließ sie entschlossen vor der Tür abblitzen, ich habe es, hinter der Hecke, mit eigenen Augen gesehen. Dien und ich hatten daher auch das vollste Vertrauen, daß sie klug und überlegt den richtigen Mann wählen würde, aber es ging eigentlich genauso wie bei Riek. Dieser Vaulant war noch keine Woche in Surabaja (frisch von der holländi-

schen Landwirtschaftsschule), da verliebte sie sich schon in ihn. Rasend schnell ging alles, Dientje schwebte wieder im siebten Himmel, kam alles durch diese elenden Damenblättchen, die sie las. Ein schöner Mann, was für ein schöner Mann, so lobte sie diesen frechen Hund Vaulant, und zwar so laut, daß er es hören konnte. Mir hat er nie den geringsten Respekt gezollt. Er hupte schon am Anfang der Straße, sprang aus dem Auto, rannte ins Haus mit zwei Buketts in den Flossen, einen für die Mutter (erst die Mutter), einen für die Tochter, und einer jovialen Handbewegung in meine Richtung. »Hallo, Mijnheer de Leeuw, alles in Ordnung?« Alles in Ordnung? Nix in Ordnung, aber gegen diesen frechen Hund kam ich nicht einmal in meinem eigenen Haus an. Geld wie Heu, reiche Eltern, Plantagen im »Großen Osten«, Handelshaus in Batavia, ein Bruder geschäftlich in Singapur, eine Schwester mit einem chinesischen Millionär in Schanghai verheiratet. Einen selbstbewußteren Burschen habe ich nie gesehen, und meine Olga war sofort völlig verrückt nach ihm, und eine Woche später war sie mit Vaulant verlobt, und im Januar 1930, vier Monate vor Dientjes Tod, haben sie geheiratet. Ein Fest, für das ein Berghotel oberhalb von Malang gemietet wurde, ein Tanzorchester, und sogar dieser chinesische Millionär war gekommen, mit Kisten voller Feuerwerk und Papierdrachen. Meine Olga schwebte strahlend durch die ganze Festlichkeit, sie sah nicht, wie blaß ihre Mutter in letzter Zeit war, wie sie um den Mund mit einemmal, binnen zwei, drei Tagen, tiefe Schmerzfalten bekommen hatte. Ach,

Olga war so glücklich, und die Familie Vaulant nahm sie wie einen kostbaren Schatz auf, und nichts war zuviel. Aber während des Feuerwerks vor dem Hotel, es war sehr kalt in den Bergen, kniff Dientje mich in den Arm, ich spürte ihre Fingernägel in meinem Handgelenk, und sie sagte: »Ich hab solche Schmerzen, ich hab solche Schmerzen.« In der Zeit hatte ich wieder mal Schwierigkeiten mit der Justiz wegen meiner Zeitungsartikel. »De Leeuw, das gibt diesmal bestimmt zwei Wochen Knast«, hatten van der Vlies und die anderen gesagt, folglich brach mir der Schweiß aus, während ich mir das Feuerwerk ansah, neben Dientje, und auf einmal von Angst und düsteren Vorahnungen erfüllt war: Ich im Gefängnis, und Dientje mußte allein sterben – denn das wußten wir beide, lange konnte es mit dieser Geschwulst nicht mehr dauern. Mit Tränen in den Augen sahen wir Olga zu, die bei jeder explodierenden violetten Sonne aus Schanghai jauchzend in die Hände klatschte.
Vaulant und sie kümmerten sich um die Beerdigung, das war kurz nachdem sie von ihrer Hochzeitsreise nach Japan und China zurückgekehrt waren. Dientje hätte es gefallen. Viele Blumen und wunderschöner Gesang in der Kirche und ein schöner Grabstein, auf den Olga und Riek, ohne mich zu fragen, hatten setzen lassen: »Oh Eternal Flame of Love!« Ihr letzter Gang stand den Beerdigungen von Revuestars und fürstlichen Personen, von denen sie so gern gelesen hatte, in nichts nach. Später wurde in einem Blechbehälter mit gläsernem Deckel ein Bild von ihr auf das Grab gestellt. Ich

ging oft hin und sah ihr in die lieben Augen, aber in der Regenzeit bildeten sich Tropfen an der Innenseite des Glases, und schon bald konnte ich Dientje nicht mehr sehen.

♦

BESCHREIBUNG EINER KONFERENZ IN WIEN

Wie wir da tagein, tagaus sitzen. Conference Document 14/IV/D, auch dieses von lebenswichtiger Bedeutung für die ganze Welt. Der Delegierte aus Jugoslawien hat das Wort. Ich sitze gleich hinter dem Boß. Er malt mit einem gut gespitzten Konferenzbleistift auf seinem Konferenzblock herum. Ich beuge mich behutsam vor, um zu sehen, was er da malt. Damenschuhe! Nein, Damenstiefel, mit vielen kleinen Knöpfen und Schnürsenkeln und ganz hohen Absätzen, altmodisch, aber diese Schuhe haben etwas unbeschreiblich Geiles. Vier Paar, sechs Paar hat der Boß schon beisammen. Schnell und geschickt zeichnet er sie. Jetzt ertappt er sich selbst bei seinen geheimen Gedanken und nickt kurz dem Redner zu, reißt das Blatt mit den Schuhen vom Block, betrachtet es noch mal (Jean P. neben mir richtet sich bereits auf, um diese gewichtige Botschaft des Chefs entgegenzunehmen), zerreißt es dann in winzige Schnipsel, die er in den Kristallaschenbecher vor sich legt. Dann faltet er die Hände unter dem Kinn und tut so, als höre er zu. Wir tun alle so, als hörten wir zu, und alle sind wir mit unseren Gedanken woanders. Sogar Jean P., der stets aufmerksame, akkurate Musterknabe neben mir, scheint sich jetzt eher in Nizza oder Cannes als in diesem Konferenzsaal zu befinden. Vielleicht ist er ja ein heimlicher Spieler und sieht sich gerade große Gewinne einstreichen. Daumen und Zeigefinger schieben sich fortwährend übereinander, er zählt seinen Gewinn am Schalter des Kassierers. Die andere Hand bildet eine Höhlung, gefüllt mit gewonnenen Jetons.

Der eine zeichnet Damenschuhe von Anno 1900, der andere spielt in Monte Carlo, ich selbst lasse mich wieder am Strand von Bougainville antreiben, doch als der belgische Delegierte mit der ersten seiner insgesamt zwanzig Seiten Text beginnt, verspüre ich plötzlich Gewissensbisse, daß ich meiner Mutter vorige Woche in Den Haag keine Gelegenheit mehr gegeben habe, mir von ihren Problemen zu erzählen. Aber der Generalmajor a.D., mit dem sie seit '48 verheiratet ist, redet jeden tot, und auch ein Besucher aus Amerika entgeht nicht seinen Analysen der niederländischen Politik und seinen Erinnerungen an alte Kriegstaten '44–'45. Mitmarschiert mit den alliierten Truppen, außerordentlicher Adjutant Ihrer Majestät, immer »sehr, sehr close« gewesen mit Seiner Königlichen Hoheit und »dem General Kruls«. Schöne Zeiten, Verbrüderung mit den Yankees, Kanadiern, Briten im Offizierskasino, jedesmal einem anderen Offizierskasino, immer näher in Richtung des Herzens von Deutschland. Und die Mädels scharf, Mannomann! Überall, wohin sie kamen! Nur habe er sich immer fürchterlich über die Trittbrettfahrer geärgert, die sich den alliierten Hauptquartieren anschlossen. Natürlich alle aus dem Widerstand, jawohl, aus Dem Widerstand! Seiner Ansicht nach kamen diese Herren aus dem Nichts, hatten sich rechtzeitig aufs Fahrrad geschwungen und waren den Kanadiern und den Tommys entgegengefahren, als weit und breit kein Deutscher mehr zu sehen war. Und dann das Maul aufreißen über ihre Heldentaten und sich sofort eine Uniform »organisieren« und sich in einem Büro häuslich einrichten, mit einem Schild an der Tür: Kommandant Süd, Abschnittschef Nord, und so weiter. Beispiele nenne er lieber nicht, viele dieser Leute seien auch heute noch wichtig, stürben nur langsam aus. Er selbst sei im übrigen auch ein zäher Bursche. Nimm dir noch einen zur Brust, Tommie, cheerio old chap, deiner Mutter geht's gut, uns geht's gut trotz der Verlotterung ringsum, wir haben uns hier (ausladende Armbewegung durch die Etagenwohnung mit Aussicht auf andere Etagenwohnungen) ausreichend gegen die vorrückende Gesetzlosigkeit verschanzt.

Meine Mutter hatte ihn schon bald nach unserer Repatriierung kennengelernt. Er hatte etwas mit der Niwin zu tun. Meine Mutter brachte Zeitschriftenpakete zu ihm, für Dieudonné, der sich tapfer in Übersee schlug, und das war besser, als sich in der Den Haager Innenstadt zu schlagen, in der Cafeteria Heck, Ecke Spui und Korte Poten zum Beispiel, wo ein Damenorchester auf dem Podium saß und Dieudonné und seine Freunde von der Überbrückungsschule abends Verkäuferinnen ärgerten und ständig in Schlägereien gerieten.

Mit der Schule klappte es nicht, Dieudonné war froh, daß er nach »Indien« zurückkonnte. Die »Ehrenschuld« gegenüber seinem Vater erfüllen, so nannte er es. Ich bewunderte ihn sehr. Nach einer Karte von der »Zuiderkruis«, oder war es die »Grote Beer«, hörten wir nie mehr etwas von ihm, eine Mordsgaudi hatten sie auf diesem Truppentransporter, und wir schickten ihm Berichte, die in einer Radiosendung für »unsere Jungs in Übersee« ausgestrahlt wurden.
Der Beschützer meiner Mutter war damals Oberst und besuchte uns in Scheveningen in seinem Dienstwagen. Ein gewichtiger Mann, und meine Schwestern und ich fanden es toll, daß er unsere Mutter um ihre Hand bat.
Jetzt, wenn ich bei ihr bin, sehe ich, daß sie mir vieles erzählen will, aber ich reiche ihr immer schnell Fotos von Sonnie und den Kindern, von unserem Haus und unseren Urlauben. '70 hat sie uns drüben besucht. Auf einmal war ihr Haar grau, sie war eine richtige »granny«, und die Kinder mußten über ihre komische englische Aussprache lachen. Den ganzen Tag lang mußte sie vorlesen und erzählen, aber sie kam nie mit ihren Geschichten über das Paradies in Malang klar: »Wie sagt man das, Tommie? Mein Englisch ist so schlecht, aber weißt du noch, wie ihr jeden Tag nach der Schule schwimmen gingt, weißt du noch, wie diese Vögel hießen, weißt du noch, wie wir sonntags mit dem Auto nach, wie hieß das noch, fuhren, wo Dieudonné dich ins Schwimmbecken warf und du mitsamt deinem Rosinenbrötchen von einem Herrn rausgefischt

wurdest, und am Rand hast du, um ein Haar ertrunken, dein Rosinenbrötchen einfach weitergegessen – übersetz das mal, ja?«
»Grandmother comes from a lost world«, sagte Sonnie zu den Kindern.
Und vorige Woche hatte sie mir etwas zu sagen, aber ich gab ihr keine Gelegenheit dazu. Sie rang die Hände, war sehr nervös, fragte viel zu oft, ob ich noch Kaffee oder etwas anderes wolle, lief hin und her, schaute auf die Appartementhäuser gegenüber, setzte einmal an: »Tommie, ich...« Nie, nie werde ich es erfahren, nie werde ich sie, nie werde ich Madeleen wiedersehen. Mein Kragen ist mir auf einmal zu eng, der Belgier ist noch nicht fertig, ich habe schreckliche Bauchschmerzen, das ist es, nichts weiter, aber sich durch die ganze Reihe zwängen, gerade in dem Augenblick nicht da sein, wenn sich der Boß wieder einmal mit einem seiner läppischen Memos zu meinem Platz umdreht ... ich spüre kalte Schweißtropfen in meinen Achseln, kneifende Schmerzen im Unterleib. Nie, nie werde ich die andere wiedersehen, ich muß weiterschreiben, ich muß jetzt an Ford Madox Ford denken, wie er in Frankreich, bei Lyon, auf einem Dorfplatz an einem Kaffeehaustisch sitzt und auf die Dichterin V.H. wartet, die gleich mit ihrem roten Zweisitzer ins Dorf fahren wird, together at last, alle Sorgen mit anderen Ehepartnern, Geld, Kindern vergessen. Vergessen? Violet Hunt – sie war auch Somerset Maughams Freundin. Ich sah ihr Foto in einer Anthologie; längliches Gesicht, auf schlanke Finger gestützt, ein poetischer Blick natürlich. Ein Gedicht

hat F.M.F. ihr gewidmet. »To V.H., who asked for a working Heaven.« Auf einer Caféterrasse in Frankreich auf die Geliebte warten, das allein ist schon ein wenig Heaven. Nie, nie werde ich wieder mit ihr sprechen. Der Boß sieht sich jetzt um, aber ich beende in aller Ruhe diesen Satz. Jean P. stößt mich an, ich lese den Zettel: »Mr. V., did you check with headquarters about the Bangladesh matter?« Ich schreibe darunter: »Yes, invitation confirmed. You are welcome in Dacca anytime.« Zettel zurück via Jean P., ich schreibe weiter, sehe den Boß lesen und nicken. Der Belgier leiert immer noch seine Rede runter. Mein Bauch platzt fast, ich muß hier raus. Der Boß wird mir nachsehen und denken, was für ein ausgezeichneter Beamter, dieser V.! Auf alle meine Fragen gibt er sofort die richtige Antwort.

Abends, im Hotel, wieder kein Durchkommen nach Amsterdam. Nie wieder werde ich diesen Rücken sehen – braun, kleine Sommersprossen auf den Schulterblättern, ganz kleine goldene Härchen –, und als ich beim letzten Mal an Land watete, passierte etwas ganz Merkwürdiges. Die Brandung wie immer turmhoch, weiße Schaumkronen, durchsichtiges hellblaues Wasser, aber lautlos! Ein Film ohne Ton. Die Palmen bewegten sich, aber ohne zu rascheln. Vögel kreisten über mir, aber ohne ihre wehmütigen Schreie. Ganz in der Ferne der kleine Punkt, der bei früheren Malen größer wurde, schöner, immer schöner, diese Gestalt, kleine Wellen um die Beine. Aber jetzt warte ich, und nichts geschieht. Der kleine Punkt ist verschwunden. Nie, nie werde ich wissen, ob sie es war, ob sie es auch bei jenem letzten Mal war.

♦

OLE HATTE PROBLEME. In einem Telegramm aus Stockholm las er, daß ein Flugzeug unterwegs sei, um aus Bangladesch kleine Kinder abzuholen. Hatte nicht in den Zeitungen gestanden, daß die pakistanischen Truppen Hunderttausende bengalischer Frauen vergewaltigt hatten, bevor sie das Land verließen? Und jetzt war es mehr als ein Jahr später, nicht wahr, und Adoptionsvereine aus der ganzen Welt hatten mitgerechnet und charterten Flugzeuge. »Babyrush in Bangladesh«, schrieben sie sogar in Kanada unter das Foto eines großen, als fliegender Kinderhort eingerichteten Frachtflugzeugs, auf der Gangway ein Team lachender Krankenschwestern, Kinderpflegerinnen und Ärzte. Tausende von pakistanischen Wüstlingen gezeugte Kinder warteten der Presse zufolge auf ihre Erlösung aus fürchterlichen Verhältnissen, und die Regierung in Dacca hatte ihrer Abholung zugestimmt. Diese stigmatisierten kleinen Tröpfe hatten in ihren Dörfern keinerlei Aussicht auf ein menschenwürdiges Dasein. Nach Korea und Vietnam ein neuer Markt für die Adoptionsorganisationen in der westlichen Welt! Nach Erhalt des Telegramms, in dem ihm aufgetragen wurde, dem Team aus Stockholm in jeder nur denkbaren Weise behilflich zu sein, stieg Ole in ein Fahrradtaxi und ließ sich zu den Hauptquartieren der Heilsarmee, von

Terre des Hommes, Oxfam, dem Roten Kreuz und weiteren Adressen der von ihm so bezeichneten »Katastrophenclubs« bringen. Mit schrillem, nervösem Lachen fiel er abends bei mir ein. Sie hatten sich alle verrechnet, goddammit, what a joke! Der Scheich höchstpersönlich und seine Boys, die Kanadier, die Schweden und alle anderen! Mochten sich die Pakistani auch vögelnd aus Bangladesch zurückgezogen haben, gemessen daran waren nicht viele produktive Schüsse abgefeuert worden. Es gab keine Hunderttausende, keine Tausende, allenfalls einige Hundert, jedenfalls, viele Kinder waren nicht angemeldet worden, und das Blöde war außerdem (hatte man ihm bei den Katastrophenclubs gesagt), man konnte den 1972 geborenen Bengalenkindern nicht *ansehen,* daß ihr Vater den besiegten Herrschern angehört hatte. Anders wäre es vielleicht gewesen, wenn die Kerle rote Haare oder eine gelbe Haut gehabt hätten. Nein, die Katastrophenclubs konnten ihm nur bedauernd mitteilen, daß die Nachfrage aus dem Ausland das bengalische Angebot weit übertreffe. Wieder so ein Fall, sagte Ole, der in der Weltpresse überdimensional aufgebauscht worden sei. Aber morgen sollte das Flugzeug aus Stockholm in Dacca ankommen. Die Landerechte waren erteilt, und Ole sah sich bereits auf der Plattform stehen und zu der Treppe hinaufschauen, von der die Adopteure, ready for action, heruntergestürmt kämen. Er habe seinen Vorgesetzten noch ein Telegramm geschickt, aber das sei natürlich zu spät gewesen. Und wenn man dann noch an all die Leute denke, die jetzt in Schweden

Wiegen, Windeln, Babynahrung kauften und vielleicht sogar bengalische Wörterbücher und sich bereits Namen für ihre neuen Sprößlinge ausgedacht hätten. Sven, Britta, Alf, Ingrid, Einar – Ole hätte heulen können, wenn die Geschichte nicht so wahnsinnig komisch gewesen wäre.

Und doch mußte ich ihm zwei Tage später meine Bewunderung aussprechen. Die schwedische Diplomatie gab sich nicht so leicht geschlagen: Das Flugzeug war immerhin mit sieben kleinen Bengalen nach Europa zurückgeflogen. Trotz meines Drängens (warum sollte ich nicht auch so ein Telegramm bekommen können) wollte Ole nicht sagen, wie er das geschafft hatte. »Ich muß noch etwas in der Hinterhand behalten«, sagte er wenig kollegial, »Schweden ist ein progressives Land, und nach diesem ersten phänomenalen Ergebnis befürchte ich das Schlimmste.« Er hob das Glas und trank mir zu. An diesem Abend war Ole unausstehlich selbstzufrieden.

KURZER URLAUB in den Niederlanden. Sie holte mich in Schiphol ab, ohne die Kinder. Zuerst mußten wir beisammen sein, um festzustellen, daß alles war, wie es war, und auch so bleiben würde. Scheveningen. Unterhaltsame Geschichten von meinen bengalischen Abenteuern vor atemlos lauschenden Verwandten und Freunden. (Aber warum erzählte ich nichts von diesem Wahrsager in Khulna?)

Aufmerksamkeit, den Kindern viel Aufmerksamkeit schenken, drei Wochen, so lang, so kurz, jede

Minute, die einem durch die Finger rinnt, bewußt auskosten, manchmal eine plötzliche Unruhe, eine heftige Sehnsucht nach den einsamen Abenden mit Abdul, der Terrasse, umgeben von einem Vorhang aus warmem Regen. Am Tag nach der Ankunft in die Schule, um meinen Sohn abzuholen. Es warteten noch mehr Eltern, sie sahen mich, die unbekannte Person an, leicht exotisches bräunlich-gelbliches Gesicht (keine Skifarbe). Sie schauten, wie nur in den Niederlanden Menschen andere Menschen anschauen, fast schon unverschämt. Kinder kamen herausgerannt. Mein Sohn faßte mich an der Hand, rief seinen Freunden zu: »Das ist mein Vater, und er kommt aus Bangladesch!« Er zog mich zu einem Lehrer. »Mijnheer, Mijnheer, das ist mein Vater.«

»Das ist er also?« Der Mann und die anderen Jungen machten leicht erstaunte Gesichter. Mein Sohn tanzte um mich herum, griff wieder nach meiner Hand, wir gingen nach Hause. »Sie wollten's nicht glauben«, sagte er, »die ganze Zeit haben sie geglaubt, mein Vater ist einfach abgehauen. Wer hat denn auch schon einen Vater in Bangladesch? Die wissen nicht mal, was eine Botschaft ist oder ein Diplomat. Wie erklärt man so was? Ich hab Mammi nie was davon gesagt. Die sind bestimmt geschieden oder so, haben sie gesagt. Die Ärmste.«

Einen Koffer voll Bücher für die nächsten sechs Monate in Dacca kaufen, Spaziergänge am Strand, immer wieder nach einer Antwort auf die Frage suchen, warum ich lieber aus Koffern lebte, meine Gesundheit unter widrigen Verhältnissen ruinierte

(zuviel allein, zuviel Alkohol, zu viele Zigaretten), Unsicherheit und Unruhe suchte. Mit ohnmächtigen Gebärden (keine Antwort befriedigte) Steinchen übers Wasser flitzen lassen, schweigend über den Noorderstrand galoppierenden Reitern zuschauen, denken, sie hat recht, sie haben alle recht, auch die, die immer sagen, das Diplomatenleben sei ein leeres Leben, das sich vor deinen Augen in Schall und Rauch auflöst – sie hatten alle recht, aber trotzdem mußte ich in der nächsten Woche weg (der einzige Gedanke, der mir Ruhe gab). Eine Reiterin parierte ihr Pferd durch, sah zu mir herunter, schob die Sonnenbrille ins Haar, rief enttäuscht: »Du siehst ja gar nicht mehr aus wie Daniel Gelin!« Sie stieg ab, und zum Glück wußte ich sofort, daß es Félice Buurmans war, die mich bei unserer Abiturfete in Vaulants Wandschrank in die Enge getrieben hatte. Sie sei jetzt beim Theater, sagte sie sofort, »das weißt du doch?« »Aber ja«, sagte ich, »du bist ganz schön berühmt, aber ich habe dich nie spielen sehen, weil ich nie da bin.« Sie rasselte schnell ihr Repertoire der letzten sechs Jahre herunter, langsam aber sicher fühle sie sich reif genug für die schönste Rolle der klassischen Bühnenliteratur, die Bérénice von Racine. »In der Schule hast du noch nicht gespielt.« »Nein, ich war zu schüchtern, es hat lange gedauert, bis ich ...«
Ich hoffte, sie würde sich nicht mehr an meine verschreckte Verlegenheit in Tommies Wandschrank erinnern. »Und schließlich bekam Madeleen doch immer alle tollen Rollen von Tommie Vaulant, weißt du noch?«

Welch ein Zufall, daß sie mich hier treffe. Sie habe gerade mit ein paar anderen von damals Kontakt gehabt, und im nächsten Jahr werde ein Klassentreffen organisiert. »Ich bin in Bangladesch«, sagte ich erleichtert. »Wir waren eigentlich eine verrückte Bande«, sagte Félice. »Weißt du übrigens, daß Carel Bootsma tot ist?«
»Ja.«
»Und Tommie?«
»O ja, ich habe...«
»Ach, Tommie... ein origineller Typ!«
»Er sah Montgomery Clift täuschend ähnlich, diesem Star mit den Augenbrauen...«
Sie dachte einen Moment ganz ernsthaft nach und schüttelte dann entschieden den Kopf.
»Wie kommst du bloß darauf?«
Sie hielt mir die Wangen hin und stieg wieder auf ihr Pferd. Laut und deutlich lachte sie schnell noch das Publikum zu ihren Füßen an und sagte mit ihrem dunklen Timbre, bekannt von Bühne und Fernsehen: »Ach, du mußt nur daran denken, auch Daniel Gelin ist mittlerweile fünfundzwanzig Jahre älter.«

WIEDER IN DACCA, ein Brief von Sonnie Vaulant in der Post. Ein Farbfoto von ihren beiden Kindern vor einem Kiefernwäldchen. Sie wünschte mir, wenngleich verspätet, ein glückliches neues Jahr und fragte, ob ich Tommies Papiere bereits gelesen hätte. Ich dürfe, was sie anbelange, damit tun, was ich wolle.
Ich bedankte mich bei ihr und schrieb, daß ich oft

an Tommie dächte und seine Aufzeichnungen über die Vergangenheit mit großer Aufmerksamkeit läse. Alle möglichen Jugenderinnerungen kehrten zurück. Wenn Tommie und ich uns auch in den letzten zwanzig Jahren vielleicht nur vier- oder fünfmal gesehen hätten, so hätte unsere Freundschaft darunter doch nicht gelitten. Er sei und bleibe mein bester Freund.

DIE BOTSCHAFT sah nun langsam aus wie ein richtiges Büro. Ich bekam Mitarbeiter, wir waren jetzt zu viert. Am Empfangsschalter in der Eingangshalle unten saß ein junger Mann aus Faridpur namens Arshad, ein vorbildlicher Kanzleiangestellter mit einem Goldzahn. Wenn ein Besucher kam, griff er zum Telefon, das fehlender Teile wegen noch nicht angeschlossen war, tat so, als riefe er mich in meinem Zimmer oben an, klopfte dabei quasi achtlos mit seinem Siegelring zweimal an ein Wasserrohr, das auch dicht neben meinem Schreibtisch entlanglief, und wenn ich zurückklopfte, sagte er in den toten Hörer: »Very well, Sir, I shall bring the gentleman upstairs.« Das ausrangierte Mobiliar war von einem Freund von Abdul wieder auf Vordermann gebracht worden. In einem der Räume, in denen ein unnützes Fischbassin angelegt worden war, saß mein Kollege Jan D. auf einem wackligen Klavierhocker unbekannter Herkunft an einem sehr alten Schreibtisch und stellte Prognosen über die bangladeschische Wirtschaft. Er schnitt auch Reden von Scheich Mujib aus den Zeitungen aus, und das lieferte Material für interessante politische Analysen, die wir zu bestimmten Zeiten an unsere Chefs in den Niederlanden schickten. In einem kleinen Kabuff unter der Treppe saß unsere Sekretärin, die auch unsere Mutter war und Knöpfe an unsere Hemden nähte. Wenn ich zu einer offiziellen Veranstaltung mußte, überprüfte sie immer erst, ob meine Krawatte auch richtig saß und die Schuhe von Abdul ordentlich geputzt waren, und manchmal sagte sie sogar: »Willst du dich nicht vielleicht doch noch schnell rasieren?« Gebäude und Personal strahlten also Würde aus, und wenn Abdul oder Arshad bei Sonnenuntergang auf dem Dach die Fahne einholte, sah ich zufrieden von der Veranda aus zu. Von seinem Balkon sah auch unser Nachbar schräg gegenüber zu. Ein Amerikaner, der unklaren, aber wahrscheinlich wichtigen Geschäften in Bangladesch nachging. Jeden Abend, Punkt sechs, erschien er auf seiner Terrasse, so wie ich auf meiner, begrüßte mich mit einer kurzen, galanten Verbeugung und begann mit seinem festen Ritual. Als erstes setzte er sich einen breitkrempigen grauen Cowboyhut auf, danach nahm er ein Katapult zur Hand (sein Diener hatte schon vorher einen kleinen Berg Steine auf dem Rand der Balustrade bereitgelegt) und schoß die ersten Kiesel zielsicher auf die Telefondrähte in unserer Straße. Ssinggg … ging es dann durch die Drähte. Da er sich aber nach jedem Schuß einen Schluck Whisky genehmigte, nahm seine Treffsicherheit rasch ab, und manchmal duckte ich mich, weil es aussah, als ziele er genau auf mich. Einmal schoß er die Fensterscheibe von Jan D.s Zimmer kaputt, ein erbärmlicher Fehlschuß, aber es war schon fast dunkel und nach dem dritten Glas, also nahm ich es ihm nicht übel. Wenn die Projektile aufgebraucht waren, nahm er seinen Sombrero ab, trocknete sich die verschwitzte Stirn, winkte noch mal in meine Richtung und verschwand torkelnd ins Haus. Kurz darauf konnte man dann Dvořáks »Aus der Neuen Welt« hören, eine Musik, die einen immer bewegt, auch wenn man sie Monate hintereinander Abend für Abend hört. Ich habe nie erfahren, wie er hieß, wir haben nie miteinander gesprochen, aber selten hat mich jemand so fasziniert wie dieser Mann mit seinem Katapult.

Abdul erzählte ich von dem Wahrsager in Khulna. Er hörte sehr ernst zu, sagte nichts. Ich wollte unbedingt seine Meinung wissen. Er lachte leicht verlegen, wich meiner Frage aus, sagte, er müsse das Essen zubereiten, kratzte an einem imaginären Fleck auf seinem Hemd. Ich konnte seine Augen nicht richtig erkennen, da seine Brillengläser im Schein der Schirmlampe funkelten. »Big trouble for master«, sagte er widerstrebend. »Warum, warum«, fragte ich, aber er zog sich zurück, um den Reis aufzuwärmen.

BEI OLES ABSCHIEDSFETE, er wurde nach Manila versetzt, ging es fröhlich zu. Er hatte seine heiterste Version von »September Song« aufgelegt, und wir hörten amüsiert dem französischen Botschafter zu, der uns von einem Besuch 1967 beim Premierminister von Laos erzählte, Prinz Suvanna Phuma. Vermutlich gibt es nur wenige, die auf einer stummen Karte auf Anhieb mit dem Finger auf Laos tippen könnten, aber in den sechziger Jahren konnte man keine Zeitung aufschlagen, ohne auf Suvanna Phuma und seinen Halbbruder Suvannavong sowie den neutralistischen Hauptmann Kong Lé zu stoßen. Über den hin und her wogenden Kampf in der Ebene der Tonkrüge war die Öffentlichkeit damals bestens unterrichtet. Einmal hatte der Franzose dem Premier eine Botschaft seiner Regierung zu überbringen. Audienz in Suvannas Haus in Vientiane um acht Uhr morgens. Ein Diener führte ihn ins Vorzimmer. Die Warterei dauerte und dauerte. So lange wartet ein französischer Diplomat gewöhnlich nicht, sagte unser Kollege, also ging er mal einen Blick um die Ecke werfen. Da saß der weltberühmte Premier am Frühstückstisch und löffelte sein Ei. Nach jedem Bissen leckte er den Löffel auf beiden Seiten ab, anscheinend tief in Gedanken versunken. Jeder hat das Recht, sein Frühstücksei in völliger Konzentration zu genießen, sagte der Erzähler, also zog er sich ins Vorzimmer zurück, während er im Geiste bereits die erste Schlußfolgerung seines Berichts an Paris notierte: Die Lage in Laos ist nicht so alarmierend, wie die internationale Presse schreibt; der Premier des leidgeprüften Landes verwendet zwanzig Minuten auf das Auslöffeln eines Eis. Doch als er zur »auguste présence« des Prinzen vorgelassen wurde, zeigte sich, daß ein zu fein entwickelter Sinn für Humor einem Diplomaten bei der Ausübung seines Berufs hinderlich sein kann. Sein erster Blick war auf den großen Dotterklecks gefallen, der wie eine grellorange Perle mitten auf der Krawatte des laotischen Führers prangte. Schon bei seiner ersten Höflichkeitsfloskel erstickte der Franzose fast vor Lachen, deutete brüllend auf den jetzt langsam auslaufenden Edelstein, an dem der Premier sofort mit seinem seidenen Einstecktuch erst vorsichtig, dann immer heftiger herumzureiben begann. Zum Glück lachte er jetzt mit, aber auch als sie sich ernsteren Dingen zuwandten, mußte unser Ambassadeur de France sich die allergrößte Selbstdisziplin auferlegen, um nicht ständig auf diese versaute, klebrige Krawatte zu schauen, sonst wäre er vor Lachen gestorben. »Quel beau métier, la diplomatie«, sagte er und brachte als ältester Kollege einen Toast auf Ole und seine brillante Karriere aus, die dieser jetzt in der Hauptstadt der Philippinen fortsetzen werde. »Ciao, Ole, good luck, Ole, bonne chance, Ole!« Es gibt keine geschlossenere und angenehmere Mafia als Diplomaten auf einer Abschiedsfete. Der geistreiche und witzige Franzose war unser Führer, dem wir Dankbarkeit schuldeten. Hatte er uns seinerzeit nicht eine einzigartige Begegnung mit der französischen Kultur geschenkt? Das feine Lächeln, mit dem er uns, seine Kollegen, damals eingeladen hatte, zeigte deutlich, daß er eigentlich fand, er werfe Perlen vor die Säue, daß er uns Kulturbarbaren aber dennoch die einmalige Gelegenheit nicht vorenthalten wolle, mit der einzig wahren Kultur der Welt, nämlich der französischen, in Kontakt zu kommen. Das war im April 1973, und er lud uns zu einer Veranstaltung ein, auf der André Malraux sprechen sollte. Kurzzeitig hatte es 1971 so ausgesehen, als würde André Malraux sich wieder, wie 1936 in Spanien, die Pilotenbrille über die Augen schieben, um Bangladesch mit einem Geschwader Tapferer in seinem Freiheitskampf gegen Pakistan zu Hilfe zu eilen. Wenn man den Zeitungen glauben konnte, so hatte der bejahrte, aber noch immer durch jugendlichen Elan und stendhalsche Energie getriebene Schriftsteller, vielleicht inspiriert durch die Beatles und ihre Bangladesch-Konzerte, ernsthaft mit dem Gedanken gespielt, an der Spitze einer internationalen Schar von Streitern am Golf von Bengalen aufzutauchen. Daraus war nichts geworden, aber immerhin hatten die bengalischen Führer, tief versteckt in ihren Dschungelhauptquartieren im Gangesdelta, mit glühendem Herzen die feurigen Reden gelesen, die André Malraux für ihre Sache hielt. Von vielen Staatsmännern, von vielen verschiedenen Gruppierungen in vielen Ländern wurde ihnen moralische Unterstützung zuteil, aber, so sagten sie später, nichts sprach sie dort in ihren dunklen Sümpfen (brummende pakistanische Bomber über den Köpfen) so an wie die Worte von Malraux, dem größten Revolutionär, Freiheitskämpfer, Widerstandshelden von allen, der darüber hinaus auch noch die flammendste Feder führte und über die brillanteste Rhetorik verfügte. Aus seinen Worten hatten die bengalischen Führer, auch der erste unter ihnen, Scheich Mujib-ur-Rahman in seinem pakistanischen Gefängnis, Kraft geschöpft, weiterzukämpfen bis zum Sieg. (»And besides, it was all very romantic too«, sagte mir später einer von ihnen. Er war inzwischen Minister im ersten Kabinett des neuen Bangladesch, und mit traurigem Seufzer blickte er auf die Aktenstapel auf seinem Schreibtisch; die meisten zierte ein grüner Streifen, auf dem »very urgent« stand. Es war, als sehne er sich nach den Tagen des Umherziehens und Kämpfens zurück.)

Jetzt sprach Bangladesch André Malraux seinen Dank aus. Er wurde mit allen Ehren in Dacca empfangen. Lange sprach er mit Mujib-ur-Rahman, dem Erlöser des bengalischen Volkes, dessen schönes schnurrbärtiges Antlitz über der enganliegenden schwarzen Weste in den letzten Jahren weltweit einen vielleicht noch größeren Bekanntheitsgrad erworben hatte als der klassische Kopf von Frankreichs berühmtestem lebenden Schriftsteller. Der Dolmetscher verlor schon bald den Faden bei der Übertragung der wunderbaren, aber literarisch höchst anspruchsvollen Reden, die die beiden Größen jetzt aneinander richteten. Das spielte keine Rolle – sie verstanden sich bestens, ohne ein Wort der Sprache des anderen zu kennen. Manchmal fielen sie sich ins Wort, als hätten sie es eilig. (Als ob sie spürten, daß die Zeit für die Entfaltung und Verwirklichung ihrer großen Visionen nur noch kurz, zu kurz war. Der Befreier Bangladeschs wurde im Sommer 1975 aus seinem Palast geschossen, Malraux starb im Jahr darauf.) Kurzum, man durfte getrost annehmen, daß Malraux' Unterhaltung mit dem Scheich auf einem anderen Niveau verlief als die meine mit ihm nicht lange zuvor. Malraux sprach zu den Studenten von Chittagong und Dacca. Die Begeisterung der jungen Leute half ihm

immer wieder über seine Erschöpfung hinweg. Es war wahnsinnig heiß in jenem April, und seinen Begleitern zufolge war er todkrank.
Seine letzte Rede in Bangladesch hielt Malraux vor den Mitgliedern der Alliance Française in Dacca. Wir waren alle früh da: die französische Gemeinde, bengalische Damen und Herren in schönen Saris und fleckenlosen Mujib-Westen, Studenten, Diplomaten und auch, in Fenstern und Türen, die Kinder der Nachbarschaft. Auf dem kleinen Podest stand ein Rattanstuhl bereit. Der französische Botschafter geleitete den großen Autor durch unseren Applaus nach vorn. Die Ventilatoren kreisten langsam und lustlos über unseren Köpfen. So heiß wie an diesem Abend war es auch in Dacca nur selten, und während der unverständlichen Ansprache des Botschafters wischte sich der Schriftsteller unaufhörlich mit einem großen Taschentuch über die Stirn. Auch Malraux' Rede war kaum zu verstehen. Irgendwo heulte ein Kind, Schuhe scharrten über den Holzfußboden, die Rattanstühle knarrten. Und doch starrten wir alle mit gereckten Hälsen und angehaltenem Atem auf die in sich zusammengesunkene Gestalt auf dem Podium, die von Zeit zu Zeit mit zittrigen Händen in der Luft gestikulierte, das Taschentuch verlor, vom Dolmetscher ein neues gereicht bekam, der vergaß, zu übersetzen, denn auch er konnte nicht mehr verstehen, was die todmüde Stimme uns sagen wollte. Es war ein historischer Augenblick, der alle bewegte. Hier standen und saßen wir, in erstickender Hitze, in einem Land mit Millionen Hungernden, Auge in Auge mit

Grandeur. Spielend den Nobelpreis für seine unsterbliche Literatur errungen; als Colonel Berger der unversöhnliche Kämpfer gegen den Faschismus; Vertrauter de Gaulles, Nehrus, Maos; Freund E. du Perrons. *Antimémoires* (1961). Im Flugzeug nach Hongkong sinnt er über die Insel Balékambang nach, die du Perron ihm schenkte, als er ihm *La Condition Humaine* widmete. »Eddy du Perron – er war mein bester Freund«.

Hinterher hatten wir Gelegenheit, André Malraux die Hand zu schütteln. Bei solchen Gelegenheiten befällt mich Verlegenheit, und ich lasse mich leicht von den stets anwesenden gewieften Celebrityhunters beiseite drängen. So auch von einer Dame, *La Voie royale* in der Hand, livre de poche. »Zum Glück hatten sie das noch im Kiosk des Hotels Intercontinental«, hörte ich sie sagen, »ich habe es noch nicht gelesen, aber er signiert es mir bestimmt ...« Ich hatte bereits für mich repetiert, was ich zu Heverlé sagen würde, falls ich je an die Reihe käme. Ich hatte lange Passagen noch einmal gelesen in *Het land van herkomst*. Er signierte geduldig, unleserlich. Ich sah auf seinen Rücken. Sein Jackett schweißgetränkt. Nasse Haare im mageren Nacken. Er drehte sich um und gab mir die Hand. Auf seiner glänzenden Wange ein Schnitt vom ausgerutschten Rasiermesser. Das berühmte Gesicht alt und müde – mit Ausnahme der Augen; sie waren bohrend wie auf seinen Fotos aus der Vorkriegszeit.

»Je suis ...« sagte ich, »je suis compatriote d'Eddy du Perron.« Er nahm meine Hand und sagte etwas, so leise, daß ich es nicht verstand, und wiederholen konnte er es nicht, denn zwei Damen umarmten ihn plötzlich heftig und riefen laut, daß sie seine Werke schon seit Jahren so wahnsinnig bewunderten.

♦

MALANG, JAVA, 1934–1938

1918 empörte ich mich in der Zeitung unter dem Pseudonym »Cœur de Lion« (wie kommt man auf so was, aber natürlich immer noch besser als »Tuan Mata Hari«) gegen Sneevliets Ausweisung aus Niederländisch-Indien. Sein Lobgesang auf die russische Revolution, »Zegepraal«, hatte mir seinerzeit den Atem verschlagen. Ich kannte es fast auswendig. »Dringen die Klänge der Freudenglocken auch bis in die Städte und Dörfer dieser Länder? Volk von Java, die Russische Revolution kann auch dich etwas lehren. Der Dienst an der Freiheit ist ein schwerer Dienst. Er duldet keine Schwäche, keine Halbheit, kein Zaudern, keine Unsicherheit. Er erfordert den gesamten Menschen, Mut, vor allem Mut!«

Ich war Sneevliet 1914 ein paarmal begegnet, als er nach Surabaja kam, um die Indisch Sociaal Democratische Vereeniging zu gründen. Natürlich trat ich ihr bei, und Sneevliet legte bei jenem ersten Mal, im Marinegebäude (9. Mai 1914), seine Hand auf meinen Arm, sah mich durch seine kleine Brille durchdringend an und sagte: »Freund de Leeuw, auch von Ihnen erwarten wir den größtmöglichen

Einsatz. Sie haben eine scharfe Feder, die Vereinigung braucht Sie sehr.« Alles schön und gut, dachte ich, aber warum liegen sich die Genossen dann untereinander so in den Haaren? Sneevliet, Baars, Westerveld, nichts als Gezänk und Gerangel bekamen die Mitglieder der I.S.D.V. zu hören, und später erzählte mir ein Beamter vom Residentenbüro amüsiert (ein Freund meines Schwiegersohns Vaulant, jawohl), die Kolonialverwaltung sei sich stets völlig sicher gewesen, daß unsere Vereinigung an dem lächerlichen Gezänk von allein zugrunde gehen werde. Die Revolution fresse stets ihre Kinder, nicht wahr? Er hatte genüßlich gelacht, und Vaulant desgleichen. Diesen Augenblick vergesse ich nicht so schnell. Eine Demütigung! Und das vor meiner eigenen Tochter. Wie sollte ich wegkommen aus diesem Bollwerk des Kapitalismus und Imperialismus, in dem ich mein Gnadenbrot aß? Nun, ich kam nicht weg. Ich vegetierte auf der hinteren Galerie dahin, hielt saufselige Reden vor den Dienstboten, das war alles, was ich in meiner Ohnmacht tun konnte. Im Wohnhaus, am Mah-Jongg-Tisch, hatten sie mich schon längst zum harmlosen Narren erklärt, und die Artikel, die ich schrieb, gespickt mit gelehrten Zitaten großer Schriftsteller und häufig mit Gedichtzeilen von Gorter und Henriette Roland Holst am Ende, kamen jetzt immer häufiger von der Redaktion von Het Tijdschrift *zurück, sie waren zwar begleitet von freundlichen Zeilen, aber ich spürte, daß auch die Genossen Opa de Leeuw abgeschrieben hatten. »Werter Freund de Leeuw! Ihr Artikel ›Das Volk spricht!‹ hat uns*

dankbar gestimmt. Es war ein erneuter Beweis dafür, daß unsere Ideen allen Stürmen trotzen werden. Bereits in jugendlichem Alter wurden Sie von der Saat der Freiheit befruchtet, und unausrottbar hat sich die Revolution in Ihrem Herzen eingepflanzt. Die Redaktion fühlt sich bestärkt durch Ihr Vorbild, durch das Feuer, mit dem Sie noch immer die Fackel unseres Strebens stolz erhoben vorantragen. Mit bestem Dank für die Einsichtnahme und freundlichen Grüßen, im Namen von Dr. E.F.E. Douwes Dekker, Ihr sehr ergebener (unleserlich).« Mit solchem Schwachsinn wurde Cœur de Lion von Malang abgespeist. Ich bin sicher, daß sie sich während der Redaktionssitzung totgelacht haben. »Großer Gott, wieder so ein unleserlicher Sermon von Tuan Mata Hari! Piet, schreib du dem alten Herrn mal 'nen netten Dankesbrief, ja?«
Nur den Dienern und Olga habe ich meine ohnmächtige Wut gezeigt. Tausendmal lief ich fluchend auf der Galerie auf und ab. Hier saß ich, abgedankter Revolutionär, voller Ideen, belesen wie wenig andere in Niederländisch-Indien, und niemand wollte mehr auf mich hören. »He, wieder ein Brief von Opa Cœur de Lion aus Malang!« Ich hörte sie förmlich, diese Rotznasen. Früher schon völlig verrückt, jetzt auch noch alt dazu und nur noch gut für zehn Liter Anker Pils pro Tag. Was der alles für Geschichten erzählt, der alte Spinner. Er behauptet sogar, daß Multatuli ihm den Kopf gestreichelt hat. Die Revolution bringt komische Käuze hervor, haha! Und nicht mal diese Geschichte mit Multatuli konnte ich den Herren Revolutionären beweisen:

SEMARANG, 4.XI.28

Sehr geehrter Herr!
Leider erinnere ich mich nicht mehr an Ihren Besuch und den Ihres Vaters 1886 in Nieder-Ingelheim. Aber das ist nicht weiter verwunderlich, da Dek und Mimi recht oft holländische und flämische Freunde empfingen.
Mit höflichen Grüßen,
E.W. Bernhold

Ist es nicht unerhört? Der Pflegesohn des größten niederländischen Autors, und so ein schlechtes Gedächtnis! 1930 schrieb ich ihm noch einmal. Die Antwort:

SEMARANG, 12.III.30

Werter Herr de Leeuw!
Ich danke Ihnen recht herzlich für Ihre Beileidsbekundung zum Tode meiner Pflegemutter. Mimi hat ein gesegnetes Alter erreicht (90) und ein reiches Leben gehabt. Sie verschied, nachdem sie sich die Hüfte gebrochen und sich im Krankenhaus eine Lungenentzündung zugezogen hatte.
Viele Freunde und Verehrer haben sie auf ihrem letzten Weg begleitet.
Mit höflichen Grüßen,
E.W. Bernhold

IN JENEN JAHREN *der Isolation und Einsamkeit hielt mich meine Bewunderung für Sneevliet aufrecht. Ich habe auf meiner Galerie laut gesungen, die Internationale und andere Kampflieder, als er 1933 in die Tweede Kamer ge-*

wählt wurde. Vaulant höchstselbst kam nach hinten gerannt und rief bitterböse: »He, Opa, geht's nicht etwas leiser? Ich habe wichtige Leute aus Singapur vorn auf der Terrasse.« Er bückte sich noch gerade rechtzeitig vor der Bierflasche, die ich ihm an den arroganten Schädel warf. Sneevliet direkt aus dem Gefängnis ins Parlament gewählt! »Von der Zelle auf die Abgeordnetenbank!« Sogar die hiesigen Zeitungen berichteten, wie begeistert er im Concertgebouw von den Genossen geehrt wurde. Der Männergesangverein mit dem Lied »Erwachet«, Ansprachen, viele Redner. Ich jubelte mit, die Beos und Papageien wurden ganz nervös, die Hunde bellten, die babus *hockten mucksmäuschenstill neben dem Brunnen.*

JUNI '33

Guter Freund de Leeuw,
der Glückwunsch aus dem fernen Malang hat mich besonders erfreut. Ja, in unserem Kampf sind schöne Zeiten angebrochen, und ich bin überzeugt, daß der Sieg kommen muß. Und wenn er kommt, wird er dem unermüdlichen Eifer von Revolutionären wie Cœur de Lion zu verdanken sein.
Sei gegrüßt, guter Freund,
dein H.S.

ICH SCHÄME MICH NICHT,
hier zu schreiben, daß ich nach dem Lesen dieses Briefes geheult habe. In den darauffolgenden Monaten schrieb ich Tag und Nacht Berichte für Sneevliet, über die Lage in Niederländisch-Indien, über die Folgen der Wirtsschaftskrise, über die hem-

mungslose Unterdrückung der Einheimischen, der Pressefreiheit, der politischen Freiheiten durch das Niederländisch-Indische Gouvernement. In der Tweede Kamer würde er mit Hilfe dieser geheimen Informationen die Mißstände in der Kolonie anprangern können. Aber jedesmal, wenn ich meinem Enkel Dieudonné (wer straft einen Jungen mit einem derart gräßlichen Namen?) die Briefe für die Post mitgab, war ich mißtrauisch. Natürlich brachte er sie nicht zum Postamt, natürlich warf er sie auf dem Weg zur Schule in eine Mülltonne oder gab sie seinem Vater zum Lesen. Nie erhielt ich eine Antwort von Sneevliet.

Ich war sehr krank in jener Zeit. Altmännerleiden, Ruhr, Malaria. Jedesmal hatte der Medizinmann der Familie, Doktor Dézentjée, einen anderen Namen dafür. Kein Bier mehr, sagte er. Und nicht so aufregen über Nichtigkeiten. Nichtigkeiten! Staaten, Regierungen, Armeen stehen am Rande des Vulkans der Geschichte, und niemand sieht es! Jeden Abend Tanzmusik aus dem Haupthaus. Meine Enkelinnen tanzen Foxtrott und schmusen mit ungehobelten Oberschülern herum – ich sehe alles. Der einzige, an den ich meine Warnungen richten kann, ist dieser Wicht von einem Tommie, der mich ständig belauert und glaubt, ich bemerkte ihn und seinen Freund von nebenan nicht. Die Lava hat den Rand des Vulkans fast erreicht. Ich werde lachen über ihre Bestürzung, ihr Gejammer, ihr Betteln um Gottes Hilfe, aber es wird zu spät sein. Ich werde lachen, bis ich im Ascheregen ersticke. Also sprach…

TOMMIE VAULANTS SCHRIFT: *New York, Dezember 1972. Hier brechen die Aufzeichnungen ab. Die letzte muß von ungefähr 1938 sein. Weitere Hefte sind vollgeklebt mit Zeitungsausschnitten aus den Jahren '39 und '40. Ein Fortsetzungsroman von Vicki Baum, der Überfall der Deutschen auf die Niederlande, die Ermordung Trotzkis in Mexiko.*

In den letzten Jahren war der alte Herr kindisch. Mit Ausnahme meiner Mutter hatten ihn alle im Haus eigentlich vergessen. Nur als mein Vater nach der Kapitulation 1942 kurz nach Hause kam, um sich von uns zu verabschieden, bevor er interniert wurde, erschien Opa auf einmal im Vorderhaus.

»Na, Alter, wie geht's?« fragte mein Vater. Noch nie hatte ich ihn so freundlich mit seinem Schwiegervater sprechen hören. Wir winkten alle unserem Vater nach, als er von einem Lastwagen abgeholt wurde. Er machte noch eine Handbewegung, die aussah wie Winken. Das ist die letzte Erinnerung, die ich an meinen Vater habe. Wir waren totenstill und hatten Angst. »Alles ist verloren«, sagte Opa. Meine Mutter weinte plötzlich.

BIS SEPTEMBER *'42 wohnten wir weiter ungestört in Malang. Opa war jetzt mit Hilfe der Diener den ganzen Tag betrunken. Einmal versuchte meine Mutter, ihn vom Alkohol abzubringen. »Ach, Olga, es ist alles zu Ende, mit euch, mit mir. Ich pisse Blut, ich scheiße Blut, die ganze Welt ist Blut.« Da stand er schwankend auf seiner Galerie und schaute zu uns im Garten hin-*

unter. Er sprach ganz ruhig. »Ich hatte recht«, sagte er, »aber das spielt keine Rolle mehr.« Sie kamen ihn holen, sechs Japaner, nur ihn. Uns ließen sie noch in Ruhe. Er war rasend und schimpfte sie in sämtlichen Sprachen aus. Sie mußten schrecklich über ihn lachen, vor allem über den aus dem Jahr 1900 stammenden Tropenhelm, den er sich auf den Hinterkopf setzte, bevor er mit ihnen ging, im Pyjama, ohne Koffer, ohne Schuhe, in ausgelatschten Pantoffeln. Meine Mutter, die ihn umarmen wollte, schob er verärgert beiseite. »Die Schweine«, rief er nur, »die Schweine. Es lebe Indonesien.« Die Japaner zeigten auf ihn und tippten sich lachend an den Kopf. »Dies Land gehört euch nicht!« hörten wir ihn von der Straße her schreien. Meine Mutter, Dieudonné und ich sahen vom Gartentor aus ängstlich zu. Meine Schwestern waren im Haus. Sie hatten sich auf Mutters Anordnung hin verstecken müssen, denn bekanntlich vergewaltigten die Japaner alle jungen Mädchen, die ihnen unterwegs begegneten. Als der Lastwagen mit knallendem Auspuff, dem zeternden Opa und den lachenden Japsen verschwunden war, hörten wir erst das leise Weinen, das aus dem Haus kam. Nicht von den Schwestern, sondern von den Bediensteten. Meine Mutter sagte, sie habe nicht gewußt, daß die Djongos, der Gärtner, die Babus so an dem alten Mann gehangen hatten. Keiner von ihnen hatte mit der Wimper gezuckt, als sie hörten, daß mein Vater interniert worden war und den Gerüchten zufolge bereits mit seiner KNIL-Einheit auf einem Schiff Richtung Japan saß, um dort in den Silberbergwerken zu arbeiten.

AM NÄCHSTEN TAG *gingen meine Mutter, Dieudonné und ich mit einem Koffer voll Kleider, einigen Büchern (die ich ausgesucht hatte:* Ecce Homo *von Nietzsche, voller Gekritzel und Ausrufezeichen,* Jena oder Sedan, *ein deutscher Roman aus dem Krieg von 1870, den der Alte immer wieder auf dem Schoß gehabt hatte,* 1812, *ein dickes Buch von Rellstab, auch völlig zerfleddert), seinem Rasierzeug, seiner Brille und drei Päckchen Lucky Strike von meinem Vater zu Opa ins Gefängnis. Die Japaner am Tor fanden meine Mutter hübsch, das konnte ich ihren Gebärden unschwer entnehmen. Der Koffer kann zugestellt werden, aber du mußt hier bei uns bleiben, so ungefähr lautete die Botschaft. Meine Mutter fing an zu schluchzen und drückte mich an sich. Mit Tränen erobert man die halbe Welt, folglich wurde der Koffer für Opa entgegengenommen, und wir konnten unbehelligt abziehen.*

Jeden zweiten Tag standen wir am Tor, meine Mutter, Dieudonné und ich, und nach ungefähr drei Wochen durften wir auf einmal hinein. Sie führten uns zu einem langen Gang mit Latrinen und Waschräumen. In einem dieser Waschräume lag Opa auf einem hölzernen Tragbett, nackt, verschrumpelt, mit weit aufgesperrtem Mund, ohne Gebiß, ein Auge schräg auf uns gerichtet, als wir hereinkamen. »Kommt, Jungs, kommt, Jungs«, sagte meine Mutter nur, »kommt, Jungs«, und wir zogen ihm den mitgebrachten sauberen Pyjama an, sie schloß mit Mühe seinen Mund ein wenig, schloß sein Auge ganz sanft, und am Nachmittag kehrten wir mit Doktor Dézentjée und einem Sarg zurück. Einer der Gefangenen hatte Opa inzwischen gewaschen, und als Belohnung bekam er den Henkelmann mit Reis und Gemüse, den wir am Morgen mitgebracht hatten und der noch neben dem Verstorbenen im Waschraum stand.

Und jetzt, in New York, dreißig Jahre später, schließe ich diese Notizen ab, ohne schwören zu können, daß alles, was Opa de Leeuw aufgeschrieben hat, auch wirklich wahr ist. Es schneit in Larchmont, und heute nachmittag fahren wir mit den Kindern zu den Dicksons in Darien, zu Christmas. Ich mache mechanisch alle gewünschten Gebärden, sage automatisch die richtigen Dinge im richtigen Augenblick, niemand wird mir etwas anmerken, wir schreiben Dezember 1972. Also sprach…

♦

JA, AUCH DAS NOCH! Imitation von Opa Cœur de Lion! Als ich das alles im November 1973 in Dacca mit schiefem Blick auf den Katapult-Maniak gegenüber las, konnte ich nur einen einzigen Schluß daraus ziehen: Tommie hatte mit seinen letzten Aufzeichnungen in diesem antiken Heft aus der Buchhandlung Tak Tong Hie, Surabaja, eine hübsche Show abgezogen, dort drüben, in seinem komfortablen amerikanischen Haus, Schnee vor den Fenstern, die Kinder in gespannter Erwartung der Fahrt zu den Dicksons in Darien, wo in der schönen Hi-Fi-Anlage die Christmas Carols bereitlagen, wo Tommie und Dickson bei einem

Martini mit Olive oder Kirsche natürlich die Weltlage zur Jahreswende diskutieren würden, während die Frauen ... Wer hatte nicht hin und wieder Anfälle von Lebensmüdigkeit! Das Leben wurde ja doch nie so, wie man es sich vorstellte, und dieser Gedanke überfiel uns alle von Zeit zu Zeit. Aber warum dann vier Monate später Cox's Bazar, warum plötzlich in Khulna dieser ungesehene Wahrsager, der einen doppelten Boden in mein Leben gebracht hatte?

Es war ein kühler Abend, das Katapult hatte viermal getroffen, der Texashut war schwungvoll in meine Richtung geschwenkt worden, jetzt war es still im Haus, Abdul nirgends zu sehen oder zu hören, ein Auto in der Ferne auf der Gulshan Avenue, fliegende Käfer rund um die Schirmlampe. Das Telefon klingelte im Büro am Ende des Flurs. Als ich den Hörer abnahm, nur ein Summton. Zurück zur Veranda. Wieder das Telefon. Jetzt rechtzeitig dran.

Die Botschaft schlief nie, rund um die Uhr besetzt, allzeit bereit. Höfliche Stimme, gutes Englisch.

»Dutch embassy, please?«

»What can I do for you?«

»Excuse me, please. Can I speak to the Ambassador?«

»This is the Chargé d'affaires speaking.« Kurze Pause. Nicht jeder wußte, was ein »Chargé d'affaires« war. Im Hörer der leise Gesang einer Frau, begleitet von kläglicher Zithermusik.

»Ambassador please.«

»Speaking.« Keine nähere Erläuterung der diplomatischen Ränge an den erstbesten Visumbeantrager außerhalb der Bürozeit.

»I want to give you a warning. You will be killed

soon. This is a warning.« (Es stimmt wirklich, man kann spüren, wie einem das Blut aus dem Kopf fließt.)
»Excuse me. Can you repeat your message?« Meine Stimme noch immer so sachlich wie möglich. Und höflich, vor allem höflich. Merken lassen, daß es sich um einen Irrtum handelt. Es muß sich um einen Irrtum handeln.
»This is the Dutch embassy in Dacca. But the embassy is closed. Can you call back tomorrow?«
»No no, this is a warning.« Ungeduldig und etwas lauter diesmal. Die Sängerin und die Zithern waren verschwunden.
»Holland supports Israel against the Moslimbrethren. Only Holland and the Yankee warcriminals. This must stop. Holland must stop. If not, we will kill you. Hello!«
»Hello!« sagte auch ich, mechanisch, tonlos.
»We know where you are. You live in the office. We shall come and kill you. Holland must stop its support of the Israeli warcriminals. Hello!«
»Hello!« Leicht zittrige Stimme, aber doch immer noch sachlich. Merken lassen, daß ich ihn nicht verstanden habe, seine Botschaft nicht verstanden habe, daß also nichts los ist.
»We have your address. We shall come and kill you.« Glasklar klangen seine letzten Worte.
Ich schrieb sofort, guter Beamter, der ich bin, den kurzen Dialog auf. Das Haus des Katapultschützen war dunkel, auch die Dvořák-Klänge waren verstummt. Die Nachbarn zur Linken, mein Verwaltungsmensch und seine Frau, waren auf einer Tan-

zerei bei den Kanadiern. Rechts von der Botschaft lag ein Stück unbebautes Land, auf dem tagsüber Ochsen grasten. Abduls Zimmer am Ende des Grundstücks war dunkel. Nachtwächter Ahmed nirgends zu sehen. Die Straßenbeleuchtung funktionierte nicht. Ich schaute in den Vorgarten der Kanzlei. Die gläsernen Lichtkugeln am Gartentor gaben milchiges Licht, vermochten die Dunkelheit jedoch nicht zu vertreiben. Ein Auto bog in die Straße, fuhr langsam an der Botschaft vorbei. Ich drückte mich in eine Ecke der Veranda. Das Auto fuhr natürlich weiter. Ich rief Jan D. an. Nicht zu Hause. Die Sekretärin. Nicht zu Hause. Ich bin eine Schießscheibe, dachte ich, und nicht nur für Katapulte. Ich löschte die Lichter auf der Veranda, auf dem Flur, unten in der Empfangshalle. Ich rief das Außenministerium an. Niemand da. Es war fast zehn. Die Polizeiwache in Gulshan. Trockenes Klicken, keine Verbindung. Wieder auf die Veranda. Jedes läppische Geräusch klang auf einmal ohrenbetäubend laut und gefahrvoll. Das Geraschel eines Hundes hörte sich wie das Anschleichen von Terroristen an. Die fetteste Schlagzeile in *People* an diesem Morgen: »Only US and Holland support Israel«. Und im *Bangladesh Journal:* »No oil for US and Holland«. (Mittags hatte der englische Botschafter angerufen, um mich zu einem Essen am Wochenende einzuladen. »Du kommst bestimmt mit dem Fahrrad«, hatte er gesagt. Ich hatte herzlich über seine geistreiche Anspielung auf den Ölboykott gelacht.) Ich ging um das Gebäude herum, kein Abdul, kein Ahmed. Wieder hinein. Auf das Flachdach. Die Sterne schienen dort immer so tief am Himmel zu stehen, daß man sie bestimmt ohne große Mühe herunterholen konnte. Ich schleppte eine Matratze aufs Dach und lag dort regungslos. Zikaden, Autos, Vögel, Ochsen, kein Geräusch entging mir in dieser Nacht. Abdul kam um drei Uhr morgens betrunken nach Hause, ich hörte ihn schon von ferne lallen, und sein Herumgefummel am Eingangstor zerriß mir sozusagen das Trommelfell.

Am nächsten Tag rief ich in aller Frühe im Ministerium an. Um zehn Uhr kam Inspektor Hasnain vom Special Branch. »To inquire about the ghost call«, schrieb unser Kanzleiangestellter auf den Besucherzettel unter »Zweck des Besuchs«. Bericht nach Den Haag. Antwort am nächsten Tag. Verweis auf die Vorschriften, in denen steht, was zu tun ist, um sich Terroristen vom Leib zu halten. Besten Dank, die Herren, sagte Jan D. Jetzt stand auch den ganzen Tag über ein Polizist am Tor, und wenn ich abends zu einem Empfang mußte, begleitete mich einer. Der wartete dann vor der Tür des Festsaals. Die Scherze der Kollegen nahmen kein Ende. »Nimmst du deinen Leibwächter auf dem Gepäckträger mit?« »Ich weiß von einem so gut wie neuen Fahrradtaxi, das zum Verkauf steht.« Witze über die in den Niederlanden angekündigten autofreien Sonntage. Auch ernsthaftere Fragen. »Warum exponieren sich die Holländer so oft als erste?« »Wir lassen unsere Freunde nicht im Stich«, sagte ich kurz angebunden. »Wir auch nicht«, sagten die anderen trocken, und wenn ich bei einem von ihnen (Schwede, Engländer, Däne) übernachten wolle, sei ich herzlich willkommen. Aber ich blieb auf meiner Veranda sitzen und besprach die Sache mit Abdul. Wir überlegten uns den besten Fluchtweg: aus dem Fenster im ersten Stock ins Blumenbeet neben der Kanzlei springen, über den Zaun (sehr niedrig), durch den Garten der hinter uns wohnenden Nachbarn zum Haus des Vertreters der Vereinten Nationen. Dort sollte ich anrufen, und Abdul sollte zur Polizeiwache rennen. Ungefragt schlief er von diesem Abend an vor meiner Tür. Jedesmal, wenn tagsüber das Telefon klingelte, saßen wir alle in unseren Räumen totenstill da, bis Arshad, der Kanzleiangestellte, den Hörer abgenommen hatte. Die drohenden Worte wiederholten sich nicht mehr. Aber manchmal ertappte ich Abdul bei besorgten Blicken in meine Richtung. »Khulna?« fragte ich einmal. »O no, o no, master«, sagte er hastig, »Khulna man was big fool.« Und dann beruhigte er mich auf rührende Weise: »Allah and Abdul take care of you.«

ANFANG 1974 war ich an der Reihe, mich von den Kollegen zu verabschieden. Der Italiener und seine Claudia organisierten eine Fete. Sinnende Worte der Pioniere der ersten Stunde. »Weißt du noch, wie die hungrigen Geier über dem Hotelgarten kreisten, so lange ist das noch gar nicht her, aber in diesem Land ist jeder Monat ein Jahr, und was haben wir trotz allem gelacht, als wir in diesem Hotel saßen und nichts zu beißen hatten.«
»Cheerio, ciao, good luck!«

Aber es war schwer, Abdul zu sagen, daß wir uns wahrscheinlich nie mehr wiedersehen würden. Ich sah nur seine Beine im Lichtkreis der Schirmlampe. »Was hätte ich hier in Dacca ohne dich tun sollen, Abdul«, sagte ich, aber er hörte schon nicht mehr zu. Später fand ich ihn heulend hinter dem Büro hocken. Die Tage bis zu meiner Abreise war er still und düster. »Bara Sahib go«, war das einzige, was er ab und zu brummte. Vom Flugzeugfenster aus sah ich ihn dastehen, steif, in Haltung, neben Jan D. Er winkte nicht wie die anderen.

WIEDER in den Niederlanden. Tak Tong Hies Kassenbücher verschwanden im Schrank. Monatelang widmete ich Tommie und Coeur de Lion keinen Gedanken. Ihre Memoiren hatten wunderbar in die Stunden tropischer Nabelschau auf der Veranda in Dacca gepaßt, aber jetzt, in der ministeriellen Wirklichkeit Den Haags (tagaus, tagein kleine und große Sitzungen, Dienstreisen nach Brüssel und Luxemburg, den Kopf voll amtlicher Schriftstücke), kam ich nicht dazu, meinen ursprünglichen Plan auszuführen: Opa de Leeuws Erinnerungen sauber abzutippen und an einen Kenner von Geschichten aus dem ehemaligen Niederländisch-Indien zu schicken. Mit Tommies »crackup« war natürlich nichts anzufangen. Immerhin wählte ich einmal die Nummer von Mijnheer Roos, Generalmajor a. D., auf die ich plötzlich im Telefonbuch gestoßen war. Ich bekam einen jungen Roos an die Strippe. Der General und Mevrouw seien vor kurzem in ein Pflegeheim bei Zeist übergesiedelt.

Der General sei mittlerweile sechsundachtzig, und Mevrouw habe sich gerade die Hüfte gebrochen. Ob Roos Junior vielleicht wisse, wo Dieudonné Vaulant geblieben sei, der älteste Sohn seiner Stiefmutter? Nein, das wisse niemand. Er sei schon zwanzig Jahre oder noch länger weg aus den Niederlanden. Kanada? Neuseeland? Auch die Töchter von Mevrouw Roos seien dort irgendwo. Sie habe nur Kontakt zu ihrem Sohn Tommie gehabt, bis der verunglückt sei, und jetzt schreibe sie noch regelmäßig an Tommies Witwe in Amerika, aber seit ihrem Unfall gehe es mit Mevrouw geistig doch sehr schnell bergab. Ob ich ihr etwas ausrichten lassen wolle? Nein, nichts.

ICH HATTE HEIMLICH gehofft (aber warum eigentlich?), daß unser Klassentreffen, von dem Félice Buurmans gesprochen hatte, in der Zwischenzeit in geziemender Wehmut ohne mich vonstatten gegangen war, aber nein. Ein Anruf von Félice. Ihre warme Stimme: »Hab ich dich also doch gefunden, mein Schatz! Oh, wie schön, daß du wieder zurück bist aus diesem unglücklichen Land. Wo war das gleich noch mal? Vietnam oder so?«
»Bangladesch.«
»Ach ja, stimmt. Oh, was für ein aussichtsloses Elend in diesen Ländern, nicht wahr? Ich verfolge alles immer so gut wie möglich, Politik und so.«
Sie sei so froh, daß sie mich gefunden habe! Denn ein Treffen unserer Abiturklasse wäre ohne mich nichts geworden. Ina van Dam und sie hätten fast

alle Überlebenden (girrendes Lachen) ausfindig machen können. Sie freue sich so wahnsinnig auf diese Konfrontation mit der Vergangenheit. Die meisten hätten sich nach dem letzten Schultag nicht mehr gesehen. Klassentreffen hätten immer etwas Faszinierendes, das müsse ich doch zugeben. Man halte sich gegenseitig einen Spiegel vor, nicht wahr, darauf laufe es doch mehr oder weniger hinaus. In den Augen der anderen könne man dann das Urteil lesen: Hast du diese Jahre unversehrt überstanden, hast du erreicht, was damals, zu Beginn, nach Meinung deiner Freunde in dir steckte? Oder nicht, was, mein Schatz, oder nicht natürlich! Sie selbst sei immer ganz verrückt auf Theaterstücke und Bücher, in denen sich Leute wiedersähen, zum Beispiel Begegnungen zwischen früheren Freunden und Feinden, einstigen Geliebten (letzteres treffe in unserem Fall natürlich nicht zu, nicht wahr, mein Schatz, girr girr), kurz und gut, es sei ein dankbares Thema in Drama und Literatur. Ich hörte ihr an, daß sie entschlossen war, unser Treffen zu einem großen Erfolg werden zu lassen. Unter ihrer straffen Regie würden wir alle mustergültig unsere Rollen spielen. Nein zu sagen, eine Ausrede zu erfinden, war nicht möglich. Sie ging schlichtweg davon aus, daß ich mich am Samstag nachmittag, dem soundsovielten, bei Ina van Dam in Scheveningen einfinden würde, also sozusagen bei mir um die Ecke. »Und denk dran, ohne Anhang. All die fremden Frauen und Freunde würden nur die Stimmung verderben.«

»Wer kommt denn alles?«

»Das wirst du schon sehen. O Daniel (girr girr!), es wird phantaaastisch!« Félice jedenfalls spielte schon jetzt, aus Vorfreude, bestens ihre Rolle.
Die Tage davor doch immer wieder ein unbestimmtes Zögern. Warum sollte ich, um Félice einen Gefallen zu tun, nach so vielen Jahren mit, sagen wir: Gerard van Bemmelen, noch einen trinken, der sicherlich erwartungsgemäß evangelisch-reformierter Pfarrer geworden war, oder mit Emma van der Sloot, die schon damals auf dem allerbesten Weg war, eine Matrone zu werden und natürlich mit einer Handtasche voller Fotos von Kindern und Enkeln bewaffnet sein würde. Und all die Fragen. Wo ist der geblieben, und der? Weiß jemand, wie Tommie Vaulant umgekommen ist? Und du, als Diplomat, hast natürlich schon die halbe Welt gesehen. Und was interessierte es mich schon, ob Erik van der Ham noch immer Boogie-Woogie spielte. Ich beschloß, den vielbeschäftigten Beamten zu geben: spät anzukommen und schon nach einer Stunde wegen eines wichtigen Termins wieder zu verschwinden.

INA VAN DAM WOHNTE in einem Hochhaus mit Blick auf den Pier und den Boulevard. Die Eingangstür stand offen, und verdammt, da war dieses irritierende dröhnende Gelächter von Joop van Hoorn natürlich, dem ehemaligen Rollschuhkönig aus dem Vogelwijk. Eine graue Dame mit Schmetterlingsbrille kam mir im Flur entgegen. »Ina Damman?« fragte ich, gar nicht mal so schlecht als erster Satz beim Auftritt in diesem Theaterstück. Félice konnte zufrieden mit mir sein. Früh grau geworden, aber ansonsten leicht wiederzuerkennen, Ina Damman. Das liebe, stille Lächeln war immer noch da. »Hallo«, sagte sie, »wie schön, daß du kommen konntest. Félice hat gesagt, daß du...« Da war Félice schon, international bekannte Schauspielerin, eine Klassenkameradin, auf die man stolz sein konnte. »Daniel, mon amour!« Akkolade, drei Luftküsse neben ihre Wangen, ihr prachtvolles Gewand bewundern. »Bonsoir Bérénice«, sagte ich leise in ihr Ohr. Auch kein schlechter Satz. Sie nahm mich an der Hand und führte mich ins Zimmer. Ein Dutzend Leute, ein paar auf dem Balkon, das Meer im Hintergrund, roter Neonschein vom Pier. »Seht mal, wer hier ist, Kinder!« rief Bérénice laut. »Keine Spur verändert«, rief jemand vom Sofa. Zum Glück erkannte ich ihn sofort. »Tag, Barend.« Barend Deventer, nie besonders in Erscheinung getreten in der Schule, aber ein nützlicher Lieferant von Algebralösungen für Matheflaschen. Neben ihm Emma van der Sloot, mit im Lampenschein immer noch genauso glänzenden Wangen und in der Tat geöffneter Handtasche neben sich, ein Plastikalbum auf dem Schoß, bereit, sich die Fotos mit Barend Deventer oder anderen Interessenten Stück für Stück anzusehen.

Ein Schlag auf die Schulter. »He, da staunst du, was, ja, ich bin's, George, George Wintermans. Mann, ist das nicht toll hier?« Früher der Unglücklichste der ganzen Klasse, zu klein für sein Alter, eine Heulsuse bis zur sechsten Klasse, viel gehänselt worden, und jetzt: immer noch nicht groß, aber mit

vorwitzigem Bäuchlein, beginnender Glatze, breitem knallrotem Schlips, zufrieden mit sich selbst, selbstsicher auf den Fußballen vor mir auf und ab wippend. »George, was machst du…« »Geschäfte, gute Geschäfte, sehr viel in arabischen Ländern, komplette Häfen kann ich dir liefern, Mann. Ich kenne natürlich 'ne Menge von deinen Kollegen, frag immer, wo du gerade steckst. Waaahnsinnig interessanter Beruf, Mensch! Waaahnsinnig interessant, ich bewundere unsere Diplomaten sehr, das kannst du mir glauben, Mensch. Oft grauenhafte Bedingungen, Gluthitze, drohende Geiselnahmen (jetzt sprach er mehr zu Emma, Barend, Ina als zu mir), allzeit auf dem Posten für die Belange unseres Landes, nein, wirklich, unseren auswärtigen Dienst kann ich nur sehr, sehr loben.«
»Da hörst du's auch mal von jemand anderem«, sagte Emma und nickte mir freundlich zu.
Und wem lief ich da über den Weg? Hatte die sich verändert, nicht wiederzuerkennen. Nein, ja, doch, Letje Sonderland! Ich kam eher auf ihren Namen als sie auf meinen, und ich merkte, daß so was doch ein wenig schmerzt. Sie kam einfach nicht drauf, George Wintermans mußte ihr helfen.
»Hab ich mich wirklich so verändert?« fragte ich dämlich.
»Ach«, sagte sie, »das ist es nicht, aber ich glaube, wir haben in den vier Jahren in derselben Klasse keine vier Worte miteinander gewechselt.« Sie hatte recht, warum sollte man sich dann nach einem Menschenleben noch um den Hals fallen?
Jetzt drängte ich mich zum Balkon durch. Erik van

der Ham und Joop van Hoorn beim Wiederkäuen der alten Schulgeschichten. Erik dick, schwammiges Gesicht, schlürfte einen alten Klaren und begrüßte mich, als hätten wir uns gestern zum letztenmal gesehen. »Hi«, sagte er, »wir reden einfach weiter, als hätte die Zeit stillgestanden, okay? Weißt du noch, wie der alte Valster, der Geolehrer, behauptete, daß bei manchen Negerstämmen hundertdreißig verschiedene sexuelle Positionen praktiziert würden, und daß ich fragte, woher er das wüßte und ob er sie alle ausprobiert hätte, und wie ich daraufhin zum Direx mußte und daß ich dem sagte, daß Valster, Presbyter in der Regentesse-Kirche, den Jungfrauen in unserer Klasse Schweinkram erzählt, und daß Valster daraufhin ordentlich einen auf den Deckel gekriegt hat. Ham wir gelacht...«
»Weiß ich noch ganz genau«, sagte ich. Erik nickte zufrieden. Jetzt war Joop dran. »Und wie Tommie und ich mal im Namen des Deutschlehrers, wie hieß der Typ gleich noch mal, ach ja, Müller, 'ne Liebeserklärung geschrieben und der Französischlehrerin, de Vries oder so, in die Manteltasche gesteckt haben. Himmel, ham wir da gelacht, wißt ihr noch?« Auch daran erinnerte ich mich. Kurze Pause. »Wenn man so zurückschaut«, sagte Joop, »dann waren es gute Jahre, sorglose, man hatte keine Ahnung, was noch alles kommen würde.« Wir nickten alle drei ernst und blickten schweigend zu den Spaziergängern auf dem Pier hinunter.
»Spielst du noch Klavier?« fragte ich.
»O ja«, sagte Erik, »aber nur die alten Klamotten aus unserer Zeit. Jede Zeit hat ihre eigene Musik.

Wir sind inzwischen alte Knacker, und auch unsere Musik ist alt geworden.« Joop van Hoorn, ergrauend, dicke Brille, schlecht verstecktes Hörgerät hinter dem rechten Ohr, fragte ich besser erst gar nicht, ob er noch Rollschuh laufe. »Tja«, sagte er und nahm ein Glas Sherry von Ina entgegen, »tja, alte Knacker, ich bin schon seit fünf Jahren so taub wie nur was, mußte den Verwaltungsratsvorsitz in unserer Firma niederlegen, verstand kein Wort mehr von dem, was die Leute in den Sitzungen sagten. Na ja, Krebs ist natürlich schlimmer. Was hast du gesagt?«

»Daß das schlimm für dich ist!« rief Erik übertrieben laut. Joop erschrak sichtbar. Félice flatterte auf uns zu, legte die Arme um Erik und mich. »Na, Jungs, hab ich zuviel versprochen? Ist es nicht toll?« Erik verschüttete Genever auf seine Krawatte, zwinkerte mir zu und sagte feierlich: »Félice, was tut es mir leid, richtiggehend leid, daß ich dir damals nicht intensiver den Hof gemacht habe, ich hätte Tag und Nacht für dich spielen müssen auf meinem Klavier. Dududu … Can't live without you!« Er schnalzte rhythmisch mit den Fingern und machte ein paar lächerliche Tanzschritte auf dem Fleck.

»Du bist ein Schatz, Erik! Komm mit, jetzt kannst du's gutmachen!« Sie zog Erik mit, der wieder Genever auf seinen Anzug kleckerte.

»Kinner, hört mal eben her, Erik spielt jetzt was.«

»Alte Musik für alte Leute«, brummte Joop und rückte seine Brille gerade.

»Ja, Erik, spiel was! Los, Erik!« wurde gerufen. Erik ließ sich nicht lange bitten, griff kräftig in die Tasten, und wir erkannten alle seine Paradenummer von 1948, »Our love is here to stay«, jetzt aber sanfter und auf unerklärliche Weise rührend – dreißig Jahre Lebensweisheit legte Erik in seinen Anschlag. Natürlich war es Einbildung, aber man konnte Eriks Spiel anhören, daß auch er zu dem Schluß gekommen war, das Leben sei nicht das geworden, was wir uns damals alle, auf den Feten bei Tommie, Ina, Joop, Carel Bootsma, Madeleen von ihm versprochen hatten.

Madeleen! Madeleen fehlte. Ich sah mich im Kreis der Klassenkameraden um, die jetzt alle um Erik und sein Klavier herumstanden, einige leise mitsummend. Ein rührender Anblick, all diese Väter und Mütter.

Ich war der einzige, der Madeleens Entree sah. Da stand sie in der Tür, etwas zögernd, ob sie wohl eintreten könne. Félice sang mit Erik mit. »Our love is here, our love is here to stay!« Alle lauschten ehrfürchtig, jeder für sich mit seinen Erinnerungen beschäftigt. Ich ging hinter dem Kreis der anderen auf Madeleen zu. Sie streckte mir die Hände entgegen und sagte nur: »Hallo, Bo.« So standen wir einen Augenblick da und schauten auf den Kreis der Klassenkameraden, die in einer anscheinend paradiesischen Vergangenheit schwelgten. Ich küßte ihr die Hand, schwungvoll, aber zart, wie es einem erfahrenen Diplomaten geziemt. Sie war noch immer das hübscheste Mädchen der Klasse, und auch aus der Nähe betrachtet nicht nur von unserer Klasse. Früher hatte sie lange Haare (braun, aber manchmal, durch einen besonderen Lichteinfall, dunkelrot), offen herabhängend, überall diese Haare, zwischen denen ihre grauen Augen spöttisch schauten oder unzufrieden – jetzt aber waren sie straff zu einem großen Knoten im Nacken zurückgekämmt. Immer war ich in ihrer unmittelbaren Nähe etwas unsicher gewesen, sie hatte etwas Überlegenes, das damals nur Tommie Vaulant hatte durchbrechen können, aber auch er nicht ganz, hatte ich immer gedacht. Madeleen vermittelte mir auch jetzt noch das Gefühl, ich müsse irgend etwas ganz Besonderes tun, sagen, um ihre Aufmerksamkeit festzuhalten, um sie nicht zu langweilen, um ihre Gunst (ein Lächeln, einen Händedruck oder Blick) zu erringen und ihrer würdig zu sein. Sie hielt meine Hand fest und sagte: »Was bin ich froh, dich zu sehen, Bo. (Nur sie, von allen Anwesenden, wußte, daß ich eigentlich ›Bo‹ hieß.) Wenn du nicht zugesagt hättest, wäre ich auch nicht gekommen. Bo, lieber, guter Bo.« Ja, das war wie früher! Lieber, guter Bo, froh, daß du da bist, eine Schulter zum Anlehnen, zum Sichbeschweren über… ach, was für ein Blödsinn. Es lief darauf hinaus, dort in Ina Dammans Wohnung, daß ich mich Madeleen gegenüber wieder genauso unsicher und unterlegen fühlte wie damals, als ich, Tommie Vaulants bester Freund, den Puffer in ihrer Beziehung spielen durfte. Nichts hatte sich geändert, nur Tommie war tot. Ich wartete voller Angst auf den Augenblick, da sie von ihm zu sprechen beginnen würde. Sie würde doch wohl wissen, daß er tot war. Und wenn sie das wußte, dann wußte sie auch, wo und wie, und daß ich mich, wie war so etwas nur menschenmöglich, in dem Augenblick, als

es passierte, ebenfalls in diesem entlegenen Winkel der Erde befunden hatte. Aber sie sagte nichts, ließ meine Hände erst los, als Erik aufhörte zu spielen, und ließ sich von allen Anwesenden überschwenglich begrüßen und umarmen. Die Begeisterung der anderen schien sie für selbstverständlich zu halten – wie es dem Star unserer Klasse, unserer Schule eben gebührte. Erik van der Ham betrachtete sie kurz, ein Auge aus Spaß geschlossen, und drehte sich zu uns um. »O ja, immer noch genauso hübsch, unser Leentje.« Er setzte sich wieder ans Klavier, schlug ein paar Tasten an und rief: »He, Leentje, he, Madeleen, weißt du noch?« Sie nickte. Klar, wer würde sich nicht an »My funny Valentine« erinnern, sie hatte es selbst einmal gesungen, ausstaffiert als Hollywood-Vamp, bei einem Schulfest, begleitet von Erik. »My funny Valentine, sweet funny Valentine« Wochenlang hatte man davon gesprochen. Eine Idee von Tommie, der immer schon gewußt habe, sagte er, daß Madeleen eine betörende Singstimme hatte, mit etwas »unaussprechlich Schwülem« darin.
Bei Madeleens Begrüßung konnte man deutlich erkennen, daß die alten Rollen, die wir in der Schule gespielt hatten, uns noch immer auf den Leib geschrieben waren. Die Stillen waren noch immer still, die Schreihälse immer noch Schreihälse, die Prediger Prediger. Man drängte sich um Madeleen, nur ich nicht. Ich mied sie. Warum mied ich sie, fragte ich mich leicht verärgert. Es fiel natürlich niemandem auf, jedenfalls nicht Madeleen, daß ich mich zu Emma van der Sloot und ihren Fotos aufs Sofa setzte. Emma sah sich das Getue um Madeleen

mit gutmütigem Lächeln an. Gerard van Bemmelen, strammer Pfarrer (seit der fünften Klasse hatte er den Spitznamen »Oberlehrer«), in dunklem Anzug mit Weste, der aber als Zugeständnis an die neue Zeit wellige Haare bis auf die Schultern trug und ab und an mit Nachdruck »verdammt, verdammt« rief, hielt eine Rede auf Madeleen, die ihm, ein Glas Sherry in beiden Händen, aufmerksam zuhörte. »Madeleen, ich habe mich nie getraut, anders als mit klopfendem Herzen ›guten Morgen‹ zu dir zu sagen. Im Fahrradschuppen zum Beispiel oder auf der Treppe. Ich wußte natürlich, daß ihr mich ›Oberlehrer‹ nanntet. Darüber habe ich im Bett ganz schön geheult.«
»Ach je, Gerard, wie schrecklich!« rief Félice, aber ihren strahlenden Augen war anzusehen, daß sie Gerards Auftritt genoß. »Ach ja, und manchmal bin ich einen Tag zu Hause geblieben, weil ...« sagte Gerard und lachte laut, schüttelte seine Mähne, als könne er es selbst nicht mehr glauben, »... weil, ach, es wird euch nicht einmal aufgefallen sein, daß der Oberlehrer wieder mal nicht in seiner Bank saß, aber wenn ich diese verdammten, verdammten gelbköpfigen Jugendpickel hatte, dann blieb ich zu Hause, jawohl, ich blieb zu Hause, und warum? Warum? Weil ich Madeleen so nicht unter die Augen zu kommen wagte.« Allgemeines Gelächter. Auch Emma neben mir mußte schallend lachen über dieses Geständnis.
»Gebt's doch zu, Jungs«, krähte Félice, »ihr wart alle ein bißchen verknallt in Madeleen.«
Galanter Protest von Barend Deventer. »Nee, nee,

für mich war Ina Damman, Ina, wo bist du, Ina Damman immer die heimlich Angebetete, aber sie hat mich nie auch nur wahrgenommen.« Ina konnte auch nach all den Jahren noch niedlich rot werden.
»Ui, ui, schaut nur«, rief Barend, stolz auf seinen Erfolg.
»Aber ich bin noch nicht fertig«, überdröhnte Gerard van Bemmelens Kanzelstimme das kichrige Stimmengewirr. »Ich möchte jetzt für einen Augenblick ernst werden.«
»Die Typen können's einfach nicht lassen!« rief Erik van der Ham von seinem Klavierhocker. »Ruhe für den Pastor, Leute! Welches Lied spiele ich als musikalische Umrahmung, Herr Pfarrer?« Noch mehr Gelächter, aber Gerard hob die Hände, sah todernst in die Runde, und mit der professionellen Autorität, über die öffentliche Redner verfügen, brachte er die lärmige Gesellschaft doch schnell zur Ruhe. »Großer Gott, wenn er jetzt bloß nicht…« sagte ich auf einmal zu Emma. Sie sah mich erstaunt an, ich hatte es ziemlich heftig gesagt. Scheiße, dachte ich, Gerard, Blödmann, wenn du jetzt bloß nicht…
Gerard hatte jetzt die Aufmerksamkeit aller.
»Kinder«, sagte er, »ich weiß, wenn ich mich so in der Runde umsehe, daß es euch heute abend genauso gegangen ist wie mir. Es ist einfach eine verdammt komische und gleichzeitig spannende, ganz besondere Erfahrung, einander wieder ins Gesicht zu sehen, nachdem sich unsere Wege vor ewigen Zeiten getrennt haben. Ich selbst finde, daß sich niemand sehr verändert hat…«

»Nur daß ich mich müde und wie ein alter Sack fühle, sonst hat sich nichts verändert«, rief Joop van Hoorn.
»Sst! Sst!« zischte Félice.
»... unsere Klassenkameradinnen sind noch genauso lieb und charmant«, fuhr Gerard fort, »die Atmosphäre hier, heute abend, hat etwas verdammt Vertrautes, nicht wahr, wir reden einfach weiter, könnte man meinen, wir machen einfach an dem Punkt weiter, an dem unsere Klasse auseinanderfiel, an jenem Nachmittag nach der Zeugnisausgabe, im Juni...«
»Ein schöner, strahlender Tag!« sagte Letje Sonderland. Andere nickten. Für einen Augenblick waren wir alle in dieselbe Erinnerung versunken.
»... und dennoch«, dröhnte Gerard van Bemmelen weiter, »... und dennoch möchte ich diesem Beisammensein ganz kurz einen anderen Akzent geben, ganz kurz nur – und zwar, um gemeinsam mit euch einen Augenblick lang der Klassenkameraden zu gedenken, die uns auf dem Weg von jenem Junitag bis zum heutigen Samstag nachmittag im März, fast dreißig Jahre später, verlassen haben – zwei Freunde, an die wir uns alle noch sehr gut erinnern, beide hochtalentiert, beide...« Ich fing an, mich wahnsinnig über Gerards Predigtton zu ärgern, und war froh daß ich außer Sichtweite neben Emma auf dem Sofa saß und auf die Rücken der anderen schaute, ohne die Gefahr, Madeleens Blick zu begegnen.
»... Carel Bootsma, gefallen in Korea. Vor langer Zeit, als wir westlichen Völker noch bereit waren, unsere Errungenschaften in unwirtlichen Ländern

Asiens mit unserem Blut gegen die Nachkommen von Dschingis-Khan zu verteidigen.« Gab es denn hier keinen einzigen, der über diese dämlichen Bemerkungen van Bemmelens mit mir zusammen in Hohngelächter ausbrechen würde? Mußte ich diesem peinlichen Unsinn wirklich allein ein Ende machen? Ein lähmendes Gefühl überkam mich. Gerard konnte also ungestraft weiterreden.

»Und der Zufall will es, daß ich Jahre später einen Offizierskameraden von Carel kennengelernt habe. Ich kann euch bestätigen, daß unser Carel Bootsma seine postume Auszeichnung nicht umsonst erhalten hat. Seine Tapferkeit, bis in den Tod, hat bei seinen Kameraden und Untergebenen einen tiefen Eindruck hinterlassen. Wir können heute noch alle stolz auf Carel Bootsma, unseren gefallenen Kameraden, sein ...«

Leises Gehüstel, sonst Stille. Ich sah, daß Ina einen Schluck aus ihrem Glas nehmen wollte, es wegen der Feierlichkeit des Augenblicks aber besser doch unterließ.

»... Tommie Vaulant, auch er wurde uns genommen, erst vor kurzem. Vielleicht wissen es noch nicht mal alle von euch?« Er wartete einen Moment, aber niemand äußerte Überraschung oder Schreck. »Und auch er in einem asiatischen Land. Tommie kam während einer Dienstreise nach Bangladesch ums Leben, in Ausübung einer schwierigen, heiklen Mission für seinen höchsten Vorgesetzten, den Generalsekretär der Vereinten Nationen ...« Diesem Gerard mußte man wirklich den Mund stopfen, aber wer? Ich war ja schon froh, daß sich

beim Wort Bangladesch niemand zu mir umdrehte. Zwei Klassenkameraden im selben Affenland, das ist doch eine interessante Laune des Zufalls!
»... stets voller origineller Ideen, eine echte Stimmungskanone, wer erinnert sich nicht an das Theaterrepertoire, das er in jenen Jahren so gut wie allein auf die Beine stellte, und unsere Madeleen machte er zu einem Star am Mikrophon, verdammt noch mal. Erik hat uns ja gerade noch daran erinnert!«
Jetzt drehten sich einige zu Madeleen um. Nun sah ich sie, zwischen den Schultern von Barend Deventer und Letje Sonderland, wie sie Gerard ernst zuhörte, starr vor sich hin sah, die Worte an ihre Adresse sogar mit einem kleinen Nicken bestätigte. Es schien jetzt tatsächlich so, als würde Gerard van Bemmelen sich fortan nur noch an sie wenden.
»... ihr wart uns anderen in der Klasse damals, wie soll ich das sagen, auf mancherlei Gebiet voraus. Ihr wart, wie das schöne soziologische Modewort heißt, Trendsetter.« Ich sah, wie Madeleen eine Augenbraue hochzog und kurz in die Runde blickte. Es war deutlich zu erkennen, daß sie sich wenig wohl in ihrer Haut fühlte, vor allem, als hier und da leise »ja, ja« gemurmelt wurde. Emma, neben mir, flüsterte: »Sie waren ein wunderbares Paar ...«
»... Tommie Vaulant, einer der wichtigsten Berater des Generalsekretärs, das habe ich selber von einem gehört, der es wissen muß. Hätten wir das ahnen können, damals, sagen wir '49, '50? Ja, sage ich, Madeleen, stimmst du mir zu oder nicht, Tommie

sprühte schon damals vor brillanten Ideen, der geborene Führer, jedenfalls war mir schon damals klar, daß er es sehr, sehr weit...«

Auf einmal merkte ich, daß Madeleen mich ansah. Zwischen Wintermans und Letje Sonderland hindurch, und sie sah nicht wieder weg. Sie und ich wußten, daß ich der einzige war, der diesen verdammten Pfarrer zum Schweigen bringen konnte. Ich sprang auf (Emma schoß erschreckt zur Seite) und rief, mit übertrieben munterer Stimme und damit völlig aus dem Ton fallend: »Okay, Gerard, okay, schlimm genug, daß die Jungs nicht mehr leben, aber so ist das eben. Leute, ich glaube, Carel und Tommie sähen es am liebsten, wenn wir einen ordentlichen Schluck zu ihrem Gedenken nehmen. Prost!« Verdattert nahm jeder einen Schluck, froh, Gerard nicht länger zuhören zu müssen. Mit einemmal stand der Pfarrer allein mitten im Zimmer. »He, Erik, spiel noch mal einen Boogie, einen richtig altmodischen!« rief ich und ließ mich wieder neben Emma aufs Sofa fallen. »Komm, Emma, jetzt muß ich endlich deine Fotos sehen.« Meine Hände zitterten lächerlich, als ich ihr das Album abnahm.

Nach Emmas Fotos und übertrieben ausführlichen Fragen nach den Höhen und Tiefen von Barend Deventers uninteressanter Laufbahn in niederländischen Rathäusern stand ich auf dem Balkon, etwas abseits von Erik und Félice, die einander auf die Veränderungen der Stadt aufmerksam machten. Wo ist das Scheveningen unserer Tage, fragte sich Félice seufzend. Sandor Vidak, L'heure bleue, Palermo, Cor Ruys im Kurhauspavillon. »Ach ja, schöne Zeiten, schöne Abenteuer«, rief Erik. Plötzlich eine Hand auf meinem Arm. »Danke, Bo«, sagte sie leise. Félices Drehbuch erforderte jetzt natürlich eine einfühlsame, tiefsinnige Antwort meinerseits, aber ich hatte meinen Text vergessen und zuckte nur mit den Achseln. Sie ließ die Hand auf meinem Arm liegen. Wir hörten Erik und Félice zu. Weißt du noch dies. Weißt du noch das.

»Du hast noch nicht erzählt, wie es dir geht, Bo.«

»Ach, man lebt...« Eine dämlichere Antwort gab's nicht.

»Ja«, sagte sie, »ich auch.« Sie kniff sanft in meinen Arm. »Ich bereue es, daß ich gekommen bin.«

»Ohne dich wäre das Treffen kein Erfolg gewesen«, sagte ich. Sie sah mich kurz an. Ganz feine Fältchen um die Augen, aber noch immer so schön wie früher, dieses Gesicht, obwohl ich mir da nicht sicher sein konnte, denn aus so großer Nähe hatte ich sie früher nie betrachten dürfen.

»Guter Bo«, sagte sie. »Wollen wir irgendwohin essen gehen? Du mußt mir noch alles erzählen.«

Die anderen wunderten sich nicht einmal, als Madeleen und ich uns gemeinsam verabschiedeten. Wir steckten eben alle unverrückbar in unserer Rolle von damals, und hatte ich bei jenem letzten Fest nicht auch Madeleen nach Hause bringen dürfen, und jetzt, wo Tommie Vaulant nicht mehr lebte – wer sonst, wenn nicht ich, konnte ihn bei Madeleen ersetzen? Guter Bo. Félice warf uns einen Handkuß nach, während sich die Lifttüren schlossen. »Tschüs, ihr Süßen, tschüs, ihr Schätze!«

»Bis in fünfundzwanzig Jahren«, rief ich noch.

Auf dem Weg zum Restaurant am Boulevard sprachen wir über unsere Klassenkameraden und vermieden die wichtigen Dinge. Als wir saßen, fragte ich sie (ein weiterer Verzögerungsversuch, ein Ablenkungsmanöver?), wie es ihr in all den Jahren ergangen sei. Ein schneller, undeutlicher Lebenslauf: Zwei Ehen, zwei Scheidungen, seit kurzem sei sie wieder frei. Keine Kinder, schade oder vielleicht auch nicht, ihre Freiheit sei total, und einsam sei sie nicht, großer Freundeskreis, interessanter Job mit vielen internationalen Kontakten, viele Reisen zu Kongressen, eine geheime Unterschlupfadresse in Südengland, wo sie sich zu gegebener Zeit ausweinen könne, um dann wieder mit frischem Mut … nein, so schlecht sei es ihr gar nicht ergangen. Und jetzt du, Bo …

Ich machte es noch kürzer. Eine Aufzählung von sechs mehr oder weniger exotischen Ländern, eine liebe Frau, zwei Kinder, und noch immer diese Unruhe.

»Ich habe die meisten deiner Erzählungen gelesen«, sagte sie, »auf diese Weise konnte ich dir ein wenig folgen.«

»Alles erlogen …« So kann man am besten weitere Fragen nach diesen Dingen abschneiden.

»Schreibst du an einem neuen Buch?«

»Ach, der eine sammelt Briefmarken, der andere kritzelt in seiner Freizeit in einem Heft rum.« So wird meist jede weitere Neugier erfolgreich im Keim erstickt.

»Sorry, daß ich dich danach gefragt habe, Bo.« Verdammt noch mal, dachte ich. Ihr gegenüber, die so fremd und doch so vertraut war, könnte ich doch eigentlich ganz offen sein. Sie, gerade sie würde verstehen können, wie verdammt schwer es war, die Insel Bougainville zu Papier zu bringen. Sie legte Messer und Gabel hin. »Kannst du mir jetzt erzählen, wie es passiert ist? In Bangladesch?«

Ein Tatsachenbericht. Ein Protokoll. An dem und dem Tag machte sich T.V. auf den Weg nach Chittagong. Der Zufall wollte es, daß eine Rotkreuzärztin... Der wahre Sachverhalt? Tja, Fragen gebe es noch genügend, aber von einem Verbrechen sei keine Rede. Ein Unfall, belassen wir es dabei. Ab und an Fragen von ihrer Seite, ganz konkrete. Um wieviel Uhr ist es passiert? Wie wurde er nach Dacca gebracht? Wer hat seine Frau benachrichtigt?

Sie sah starr aus dem Fenster und rührte dabei in ihrem Kaffee. Glänzten ihre Augen mehr als vorher? Weinte sie innerlich? Hatte sie mich vergessen?

Die Stille wurde peinlich.

»Verstehst du, wie das Schicksal funktioniert, Madeleen?« Sie gab nicht zu erkennen, daß sie mich gehört hatte.

»Man befindet sich gemeinsam in einem derart entlegenen Scheißland, und dann passiert so was. Ich weiß, daß er oft an mich dachte, und ich habe ihn oft in meinen Erzählungen verwendet, sein Äußeres, Dinge, die er früher sagte, ein paar gemeinsame Abenteuer... Wenn ich an diesem Tag nach Cox's Bazar mitgefahren wäre, hätte ich ihn vielleicht retten können. Weißt du, Madeleen, daß ich diesen Gedanken noch nie irgend jemandem gegenüber ausgesprochen habe...«

Jetzt sah sie mich an. Ich nahm ihre Hand, und so saßen wir sehr lange da, und sie weinte lautlos.
»Du brauchst dir nichts vorzuwerfen, Bo.« Ein Lächeln trotz der Tränen. Ich sah auf ihre Finger. Hellrosa lackierte Nägel, keine Ringe. Reglos lagen sie in meiner Hand.
»Niemand«, sagte sie, »niemand weiß, daß ich ihn noch einmal gesehen habe. In Amsterdam. Er mußte nach Wien, aber vorher waren wir noch zusammen. Vierundzwanzig Stunden, Bo, vierundzwanzig ganze Stunden! Muß man davon zehren für den Rest seines Lebens, von vierundzwanzig Stunden? Ich glaubte, es sei ein Neubeginn, und er auch. Oder nicht? Wir haben darüber nicht gesprochen. Wir haben auch früher nicht über solche Dinge gesprochen. Am nächsten Tag hielt ich es daheim nicht mehr aus, habe die nächste Maschine nach England genommen. Erst habe ich noch versucht, ihn in seinem Hotel anzurufen. Er war natürlich nicht da. Aber ach, was machte das schon – ich war froh, Bo! So hatte ich mich noch nie gefühlt. Und dann warten, warten auf seine Briefe. Nichts, nichts, absolut nichts, nie mehr etwas gehört. Ach, ich habe es ihm nicht übelgenommen. So war er früher auch, habe ich mir gesagt. Wochenlang stand er jeden Tag vor der Tür, dann auf einmal zwei Monate lang nicht mal ein Gruß, dann auf einmal Amerika. Und warum auch nicht? So war es zwischen uns. Wir haben auch früher nie darüber gesprochen, wie es weitergehen sollte, dann gibt es nur Mißverständnisse...«
Mußte ich jetzt Opas altes Kassenbuch auf den

Tisch legen? Jetzt mußte ich doch sagen, daß ich alles wußte, daß sie nicht weiterzureden brauchte, daß Tommie aus Wien angerufen hatte, jeden Abend – aber wie um alles in der Welt hätte er wissen sollen, daß sie blind vor Glück nach England geflogen war, und hätte sie nicht selber schreiben können? Hatte ich das Recht, sie noch trauriger zu machen, als sie ohnehin schon war, indem ich ihr sagte, daß sie durch diesen Flug alles, alles … Hätte er mir diese verdammten Memoiren bloß nie geschickt.

SIE ERZÄHLTE WEITER. Ihre strahlende Erinnerung an diese vierundzwanzig Stunden im Marriott Hotel verwandelte sich nach einiger Zeit in Irritation. Herr Vaulant hatte also immer noch die alten Flausen im Kopf. Wie hatte sie bloß denken können, daß wir mit fünfundvierzig anders handeln als mit zwanzig. Les jeux sont faits, nicht wahr? Sie dachte, zum Teufel mit Tommie Vaulant, Liebhaber genug, Bewunderer im Dutzend, ja, ja, lach nicht, Bo (ich lachte nicht), also eine sehr hektische Zeit, viele Reisen, viele Besuche ausländischer Geschäftsfreunde im Amsterdamer Büro, zum Teufel mit Tommie Vaulant. Tagelang dachte sie nicht eine Sekunde an ihn, diesen arroganten Big shot aus den Vereinten Nationen.
Aber diese vierundzwanzig Stunden: Wenn sie ab und an allein zu Hause war, weil ihr wirklich nichts mehr an Arbeit, Ausgehen, Wegfahren einfiel, dann kehrten diese vierundzwanzig Stunden in aller Deutlichkeit zurück, jede einzelne Minute. Es gab Augenblicke, da hätte sie alles aufschreiben können.

(O Gott, auch sie, dachte ich, und vielleicht würde sie ihren Aufsatz dann auch bei ihrem Freund Bo abliefern.) Aber dazu sollte es nicht kommen. Im September vorigen Jahres, kurz nach einem enttäuschenden Erlebnis mit einem angeblich so verständnisvollen Liebhaber, hatte sie, eigentlich doch böse auf sich selbst, ihrer Sehnsucht nachgegeben und einen Brief nach New York geschrieben, an Mr. Vaulant im UN-Hauptquartier. Sie bekam einen kurzen Brief zurück. Den Inhalt kannte sie auswendig. »Dear Madam, I sincerely regret to inform you that Mr. Thomas Vaulant met with a fatal accident while on a recent official mission in South East Asia. I herewith duly return your letter.«

IHR AUTO STAND am Gevers Deynootweg. Ich küßte sie auf die Wangen. Tak Tong Hie, dröhnte es mir lächerlicherweise durch den Kopf. Tak Tong Hie.

»Madeleen«, sagte ich, »was ich noch…«

»Du bist lieb, Bo«, sagte sie und legte mir einen Finger auf die Lippen, »du bist immer lieb gewesen und du kannst auch nichts daran ändern. Ich weiß genau, daß du aus unserem Klassentreffen heute abend eine wunderschöne Geschichte machen wirst.«

Sie stieg ein, startete, kurbelte das Fenster herunter. »Good luck, Bo«, sagte sie. Ich streichelte ihr noch schnell übers Haar. Sie gab bereits Gas, bevor ich noch etwas sagen konnte, um sie aufzuhalten.

»Bougainville«, hätte ich sagen wollen, »Bougainville, Bougainville.«

GLOSSAR

11 *Multatuli: Pseudonym für den niederländischen Schriftsteller Eduard Douwes Dekker (1820–1887)*

15 *Carel Vosmaer: niederländischer Schriftsteller (1826–1888)*

17 *Batavus Droogstoppel ist eine der Hauptfiguren in Multatulis berühmtem Roman* Max Havelaar *(1860; dt: Bruckner & Thünker, Köln 1993) und wurde zum sprichwörtlichen Vertreter des ungebildeten, langweiligen Geschäftsmanns.*

22 *lombok (malaiisch, nach der Insel Lombok): Paprika* (Capsicum annuum)

23 *»Großer Osten«: der östliche Teil der ehemaligen niederländischen Kolonie Niederländisch-Indien (heute Indonesien)*

26 *»Indien«: Bezeichnung der Niederländer für ihre ehemalige Kolonie Niederländisch-Indien. Um eine Verwechslung mit dem Staat Indien auszuschließen, wurde in dieser Übersetzung die Form »indisch« und »Indien« (in An- und Abführungszeichen) gewählt, wo es sich um das ehemalige Niederländisch-Indien, das heutige Indonesien, handelt.*

46 *djongos (eine malaiisch-niederländische Verballhornung): einheimischer Hausdiener im ehemaligen Niederländisch-Indien*

49 Von Februar 1942 bis August 1945 hielt Japan das damalige Niederländisch-Indien besetzt und internierte die Niederländer in Lagern.

50 Ina Damman: Figur aus dem Roman Terug tot Ina Damman (1934) des niederländischen Schriftstellers Simon Vestdijk (1898–1971)

51 Abraham Kuyper (1837–1920) und Groen van Prinsterer (1801 – 1876): niederländische Politiker und exponierte Protagonisten im sog. »Schulstreit«, in dem es um die Stellung der konfessionellen neben den staatlichen Schulen in den Niederlanden ging

51 Henriette Roland Holst (1869 – 1952): niederländische Schriftstellerin

51 Die sechste Klasse ist nach einer ebenfalls sechsklassigen Grundschule die letzte Klasse der weiterführenden Schule in den Niederlanden (vgl. auch S. 48).

55 Cornelis Lely (1854 – 1929): niederländischer Ingenieur und Politiker, bekannt für die Trockenlegung der Zuiderzee

64 radj: Engländer in Indien während der Kolonialzeit

75 »Indischgast«: jemand, der sich lange Zeit in Niederländisch-Indien aufgehalten hat

79 *Batavia: Sitz der ehemaligen niederländischen Kolonialverwaltung in Niederländisch-Indien; seit 1949 umbenannt in Jakarta, Hauptstadt von Indonesien*

80 *Multatulis Smaragdgürtel: der Malaiische Archipel*

86 *Ernest Douwes Dekker (1880 – 1950): Großneffe von Multatuli, Kämpfer für die Unabhängigkeit Indonesiens*

93 *Louis Couperus (1863 – 1923): niederländischer Schriftsteller*

93 *Resident van Oudijck: Hauptfigur aus Couperus' bekanntestem Roman* Die stille Kraft *(Aufbau Verlag, Berlin 1993)*

93 *Die »stille Kraft« symbolisiert in dem gleichnamigen Roman von Louis Couperus den Widerstand der unterdrückten javanischen Bevölkerung gegen die Kolonialherren, darüber hinaus auch, in der Person des gespenstischen Hadsch (Mekkapilger), die Kraft des Islam, und schließlich ganz allgemein das Irrationale im Menschen.*

103 *Henk Sneevliet (1883–1942): niederländischer Politiker. Nach Aktivitäten in Niederländisch-Indien und im Fernen Osten gründete er 1929 in den Niederlanden die Revolutionair Socia-*

listische Partij. 1942 wurde Sneevliet von den deutschen Besatzern verhaftet und umgebracht.

103 *sado: zweirädriges Fahrzeug in Niederländisch-Indien*

104 *Ferdinand Domela Nieuwenhuis (1846–1919): niederländischer Politiker, Sozialist und Anarchist. 1886 wurde er wegen Majestätsbeleidigung zu einem Jahr Gefängnis verurteilt.*

111 *Niwin: Organisation, die sich nach dem Ende des 2. Weltkriegs um die Wiedereingliederung der repatriierten Niederländer sowie um den Kontakt zu den niederländischen Soldaten in Übersee kümmerte*

129 *Edgar du Perron (1899–1940): niederländischer Schriftsteller*

129 *Heverlé: So nannte du Perron André Malraux in seinem berühmten Roman* Het land van herkomst *(1935).*

131 *Herman Gorter (1864–1927): niederländischer Dichter und engagierter Sozialist*

134 *Tweede Kamer: die »Zweite Kammer« des niederländischen Parlaments, vergleichbar mit dem Deutschen Bundestag*

134 *babu (malaiisch): Kinder- oder Hausmädchen*

138 *KNIL, Koninklijk Nederlandsch-Indisch Leger: Königlich-Niederländisch-Indische Armee*

Die Originalausgabe erschien 1981
unter dem Titel *Bougainville*
bei Querido, Amsterdam.
Die Übersetzung wurde gefördert
vom Nederlands Literair Produktie- en
Vertalingenfonds, Amsterdam.

1 2 3 4 5 99 98 97 96

© 1981 F. Springer
© 1996 für die deutsche Ausgabe
Luchterhand Literaturverlag
GmbH, München
Druck und Bindung: Pustet, Regensburg
Alle Rechte vorbehalten
Printed in Germany
ISBN 3-630-86950-5